Marie Anhofer

Rabenvieh

Bibliografische Information der Deutschen Nationalbibliothek:
Die Deutsche Nationalbibliothek verzeichnet diese Publikation in der Deutschen Nationalbibliografie; detaillierte bibliografische Daten sind im Internet über http://dnb.d-nb.de abrufbar.

Erweiterte Neuauflage, 1. Auflage 2011 ASARO Verlag

Satz und Umschlaggestaltung: text+taler GmbH, Hamburg
Coverfoto: © Kitty – Fotolia.com
Verlag: tredition GmbH, Hamburg
Printed in Germany

ISBN: 978-3-8495-7300-3

Prolog

Ich warte noch immer. Seit Stunden werde ich von einem Raum zum nächsten geschickt, lasse unangenehme Untersuchungen über mich ergehen. Ich befinde mich exakt an jenem Ort, den meine Pflegemutter vor Jahren mit mir aufsuchen sollte. Sie „vergaß" es leider. In diesem Raum, in dem ich sitze, fühle ich mich unwohl. Angst kommt auf. Ich weiß nicht, was auf mich zukommt, und ich versuche mich irgendwie abzulenken. Eine Illustrierte liegt auf einem der Tische. Ich nehme sie, lese irgendeinen Artikel, nur um auf andere Gedanken zu kommen. Menschen in weißen Kitteln huschen an mir vorbei und verschwinden in dem Raum, aus dem ich zuletzt rauskam. Endlich! Ich werde aufgerufen. Das Warten hat nach vielen Stunden ein Ende. Ich betrete das Zimmer und darf Platz nehmen. Fragend blicke ich in drei Gesichter, warte auf eine Ansage und hoffe, dass ich danach nach Hause gehen kann. Behutsam bringt man mir bei, dass ich hier bleiben muss. Dass ich mir Kleidung und Toilettenartikel bringen lassen soll und dass ich heute nichts mehr essen darf. Ich frage nach dem „Warum" und bekomme eine niederschmetternde Diagnose. Ein

Organschaden. Um Schlimmeres zu verhindern, ist es notwendig, mich so schnell wie möglich zu operieren. Heute Abend, spätestens morgen früh werde ich in den Operationssaal gebracht. Ich frage nach der Ursache und bekomme als Antwort, dass es sich um eine Art „Defekt“ handelt. Aufgrund des nun weit fortgeschrittenen Stadiums wohl seit meiner frühen Kindheit. Sie überhäufen mich mit Fragen, darunter die, ob ich in meiner Kindheit nie Beschwerden hatte. Binnen Sekunden falle ich in ein tiefes, schwarzes Loch. Meine Gedanken driften ab. Zurück in mein früheres Leben. Zurück an den Ort des Grauens. Zurück in die Welt des Rabenviehs.

Ich höre das Piepsen von Monitoren. Für kurze Zeit kann ich meine Augen öffnen. Ich blinzle ein paar Mal, das grelle Licht des Raumes schmerzt mich in den Augen. Noch ist mir nicht klar, wo ich mich befinde. Oberhalb meines Bettes hängen einige Flaschen, deren Flüssigkeiten langsam in meine Venen tropfen. Ich schiele rechts nach unten an mein Bett. Dort hängen drei Glasflaschen, in die Flüssigkeiten hineinlaufen. Die Schläuche dieser Flaschen führen unter meine Bettdecke. Meine Blicke schweifen durch den Raum. Sie folgen einer Schwester, die durch das Zimmer huscht und es dann verlässt. Die Tür, aus der sie ging, fällt leise ins Schloss. Auf der Tür kleben große, schwarze Buchstaben. Ich versuche mich zu konzentrieren, um die Buchstaben zu einem sinnvollen Wort zusammenzusetzen. Die nebeneinander gereihten Buchstaben ergeben das Wort „Intensivmedizin". Plötzlich beginnt ein Monitor hinter mir fürchterlich laut zu piepsen. Eine Schwester eilt zu mir, blickt auf den Monitor und sagt mir, dass ich ruhig und gleichmäßig atmen soll. Immer wieder sagt sie dasselbe. Ich versuche es, aber der Apparat hinter mir hört trotzdem nicht auf. Sie legt mir eine Maske auf den Mund. Mit aller Kraft kämpfe ich dagegen an, dass mir die Augen nicht wieder zufallen. Vergebens.

Mir ist, als hätte ich Sandsäcke an meinen Armen – so schwer fühlen sie sich an. Ich versuche meine rechte Hand zu heben, damit jemand an mein Bett kommt. Ich möchte wissen, wie lange ich geschlafen habe. Dieselbe Schwester, die mir vorhin die Maske angelegt hat, kommt zu mir ans Bett. Ich frage sie, wie lange ich schon hier bin. Sie neigt ihren Kopf leicht zur Seite, streichelt mir dabei einmal ganz kurz über die linke Wange und sagt leise, dass alles gut sei. Noch einmal stelle ich dieselbe Frage. Sie lächelt mich liebevoll an und sagt: „Seit zwölf Tagen". Sie sagt mir, dass es Komplikationen gegeben habe. Mehr will sie mir nicht sagen, wahrscheinlich, um mich nicht zu beunruhigen. Sie lobt mich und sagt mir, dass ich mich tapfer schlage. Es werde alles gut, sagt sie nochmals. Einen kurzen Moment lang bleibt sie noch an meinem Bett und streichelt mir ein paarmal über den Handrücken. Sie ist so lieb zu mir, dass ich anfange zu weinen. Ich solle nicht weinen, sagt sie, denn ich brauche noch all meine Kräfte, um wieder gesund zu werden. Ja, sie hat recht. Ich versuche mich zu beruhigen, denn ich weiß, dass ich noch einen langen, steinigen Weg vor mir habe.

Einleitung

Ein kleiner Ort, etwa fünfzehn Kilometer von der Landeshauptstadt Graz entfernt. Dieser Ort, ein Teil des bekannten Schöcklllands mit zahlreichen Radwegen und Mountainbikestrecken. Kilometerlange Wandertouren ziehen sich durch herrliche Wälder und saftige Wiesen. Eine Ortschaft mit schmucken Einfamilienhäusern, eingebettet in eine herrliche Waldlandschaft. Eine Idylle, in der es beinahe unmöglich scheint, dass sich hinter verschlossenen Türen Grausames abspielen könnte.

Über Jahre hinweg dachte ich, dass ich durch das Verdrängen meiner Kindheit alles ungeschehen machen könne. Ich flüchtete mich zum Teil in eine Welt, in der ich, so dachte ich, von meiner Vergangenheit gut abgeschottet sei und in der ich mich allzeit sicher fühlen könne. Doch eines Tages holte sie mich gnadenlos ein. Ein Augenblick, den ich wohl nie wieder in meinem Leben vergessen werde.

Ich war Anfang zwanzig, als ich an einem warmen Sommernachmittag durch eine Fußgängerzone spazierte. Mit einem Pappbecher Kaffee in der Hand schlenderte ich von einem Schaufenster zum nächsten. Ich war am Ende der Fußgängerzone angelangt, als ich vor einer Auslage stehen blieb und mich dort neben eine Frau stellte, um die ausgestellten Kleider zu betrachten. In meine Gedanken vertieft, bemerkte ich irgendwann, dass jemand dicht hinter mir stand und mir über die Schulter blickte. Ich schielte über meine rechte Schulter und sah in die Augen einer Frau. Ich erstarrte zur Salzsäule. Ich wollte weglaufen, aber ich war vor Angst wie gelähmt. Mein Herz begann wie wild zu schlagen, meine Hände zitterten und mir war augenblicklich, als hätte ich keinen Boden mehr unter den Füßen. Der Pappbecher Kaffee, noch halb voll, glitt mir aus der Hand, fiel auf den Boden, unmittelbar vor meine Füße. Ich spürte, wie mir die braune Suppe über die Zehen lief. Mein Kopf, er fühlte sich plötzlich so leicht an, als wäre er aus Watte. Ich versuchte normal zu atmen und mich zu besinnen, dass das nicht die Frau war, die für die schlimmsten Jahre meines Lebens verantwortlich war. Aus Angst, dass mich diese Frau von hinten angreifen und mein Leben in Gefahr bringen könnte, lief ich weg wie ein Sprinter bei einem Wettbewerb, nur, dass ich nicht um eine Medaille lief, sondern um mein Leben. Ich rannte so schnell, als hätte ich gerade einen gesuchten Serienmörder hinter mir stehen gehabt. Die Frau musste sich denken, ich sei völlig geistesgestört. Erschöpft und total außer Atem verschnaufte ich nach einiger Zeit in einer kleinen Seitengasse. Nachdem ich noch einige Male um die Ecke geschielt hatte, um sicherzugehen, dass sie mir nicht gefolgt war, machte ich mich schließlich auf den Heimweg. Angst und Panik folgten mir auf Schritt und Tritt und ich fühlte mich dabei, als müsste ich mich jeden Moment übergeben. Dieser Augenblick war das Ende der Verdrängung. Und der Anfang eines Weges, den ich nun gehen musste. Dieser Weg sollte mindestens so steinig werden wie der, den ich bereits hinter mich gebracht hatte.

Ich verdamme den viel zitierten Satz: „Die Zeit heilt alle Wunden." Denn ich bin der Meinung, dass die Zeit keinesfalls *alle* Wunden heilt, vielmehr ist es so, dass man sich an den Schmerz gewöhnt. Wenn genug Zeit verstrichen ist, wird der Schmerz als nicht mehr unerträglich empfunden – geheilt ist man deshalb aber lange noch nicht. Denn Wunden, egal wie groß oder klein, hinterlassen Narben. Narben, die durch Erinnerungen wie eine Melodie, ein Geruch, ein Gedanke, eine Geschichte, ein Bild oder ein Gefühl jederzeit wieder aufzubrechen drohen.

Wir waren fünf Kinder. Ich war das jüngste und ein erst wenige Monate alter Säugling, als wir von unseren leiblichen Eltern getrennt wurden und man uns in einem Heim unterbrachte. Mit zwei Jahren wurde ich dann zusammen mit einer meiner Schwestern in die Nähe von Graz gebracht und jede von uns in einer Pflegefamilie untergebracht. Wohin meine anderen Geschwister kamen, erfuhr ich nie.

Ich kam, Katharina ging. Katharina, ein Mädchen, das bereits vor mir bei dieser Pflegefamilie untergebracht gewesen war. Als Begründung, warum Katharina hatte gehen müssen, bekam ich stets nur lapidare Antworten, mit denen ich nie etwas anfangen konnte. Erst viele Jahre später erfuhr ich, dass Katharina nicht von meinen Pflegeeltern weggegeben, sondern vom Jugendamt aufgrund diverser Probleme wieder abgeholt worden war. Welche Art Probleme das waren, erfuhr ich allerdings nicht. Meine Pflegeeltern verstanden es gut, nach außen hin jedem die heile Welt und die liebe Familie vorzuspielen, und sie verstanden es noch besser, anderen vorzumachen, welch fürsorgliche Menschen sie doch waren, indem sie einem Heimkind ein neues Zuhause gaben. Dass sie in Wirklichkeit einem Mädchen einen niemals endenden Albtraum bescherten, das wussten die wenigsten, und diejenigen, die es bemerkten, schwiegen.

Der Ort des Grauens

Meine Pflegemutter war eine Frau Ende zwanzig und mein Pflegevater Ende dreißig, als ich zu ihnen kam. Sie hatten zwei leibliche Töchter, Friederike und Sybille. Friederike ging bereits in die Schule und Sybille in den Kindergarten. Mein Pflegevater ernährte die Familie mit seinem Gehalt als Industriemechaniker, während meine Pflegemutter ihren Pflichten als Hausfrau und Mutter nachkam. Das Einfamilienhaus, das sie bauten, war noch nicht zur Gänze fertiggestellt. Mir wurde schnell klar (gemacht), dass ich des Geldes wegen genommen wurde und nicht denselben Status wie Friederike und Sybille hatte. Für mich galten andere Regeln, und mir wurde noch schneller klar gemacht, dass ich keinen Anspruch auf Liebe hatte und dass ich in dieser Familie ein Nichts war. *Mir* wurde daher schnell bewusst, dass ich mich ausschließlich auf mich selbst verlassen musste, wenn ich leben und in weiterer Folge überleben wollte.

Anfangs wurde ich nach meinen „Verbrechen" in die Ecke der Toilette verbannt. Aber als meine Pflegeeltern zu der Auffassung kamen, dass die stundenlangen „Eckenbehandlungen" nicht zu den gewünschten Erfolgen führten, ließen sie sich immer wieder neue Methoden einfallen, um mich für meine Vergehen zu bestrafen. Ihre anfänglichen Disziplinierungsmaßnahmen arteten schon bald in brutalste Bestrafungsaktionen aus.

Sehr schnell lernte ich, dass es nichts brachte, diese Quälereien einfach so hinzunehmen. Durch leidvolle Erfahrungen hatte ich gelernt, dass sie darin eine Trotzhandlung sahen, was bedeutete, dass ich noch mehr Prügel bekam oder, was beinahe noch schlimmer für mich war, kein Essen. Also nahm ich all meinen Mut zusammen, raffte mich jedes Mal, wenn ich nach den Prügeln am Boden lag, wieder auf. Reumütig stand ich vor ihnen, und während sie mich anschrien, nickte ich nur mit dem Kopf, was so viel hieß, dass ich ihnen mit alldem, was sie mir an den Kopf warfen, recht gab. Doch mit den Jahren scheiterte ich auch an meinem reumütigen Verhalten. Zeigte ich meinen Schmerz nach außen, folgten ebenso Bestrafungen. Welche Reaktion ich auf ihre Übergriffe auf mich auch immer zeigte, sie war aus der Sicht meiner Pflegeeltern immer unangebracht.

Während Friederike und Sybille Prinzessinnenstatus genossen, fristete ich ein Dasein als ungeliebtes Mädchen. Die beiden wurden mit liebevollen Streicheleinheiten und Umarmungen überschüttet. Wollte ich mir Ähnliches holen, stieß man mich unliebsam zur Seite und verwies mich wie einen Hund auf meinen Platz. Mein Platz war der Fußboden in einer Ecke in der Küche. Dort saß ich so lange, bis ich die Erlaubnis bekam wieder aufzustehen. Während Friederike und Sybille Zärtlichkeiten ganz selbstverständlich bekamen, bot sich mir diese Möglichkeit nur, wenn ich mich freiwillig zum „Schuppenputzen“ anbot. Auf ganz normalem Weg hatte ich nicht die geringste Chance. Deshalb ließ ich keine Gelegenheit ungenutzt, um zu fragen, ob ich nicht mit dem Kamm deren Schuppen von den Haaren putzen dürfte. Obwohl es mich so sehr grauste, in die oftmals fettigen Haare der beiden zu greifen, tat ich es und kostete dabei jede einzelne Sekunde voll aus. Die Körperwärme, die ich dabei spürte, tat mir einfach nur gut. Sofern es mir erlaubt war, sie auch außerhalb des Kopfes zu berühren, fuhr ich im Zeitlupentempo mit meiner Hand mehrmals über ihre Rücken. Ich tat so, als würde ich die Schuppen von T-Shirt oder Pulli entfernen. In Wahrheit tat ich aber nichts anderes, als Körperwärme aufzusaugen.

Friederike und Sybille besaßen die tollsten Spielsachen, die schönsten Fahrräder und stets die angesagteste Kleidung. Ich hatte weder schöne Kleider noch besaß ich Spielsachen. Ich bekam das, was von den beiden ausgemustert und nicht mehr gebraucht wurde. Kaum schrie eine von den beiden nach neuen Klamotten, dauerte es nicht lange, bis meine Pflegeeltern mit ihnen einkaufen fuhren. Während ich auf dem Rücksitz des Autos wartete, shoppten sie mit ihren Kindern von Geschäft zu Geschäft. Ich hatte die Wahl mitzugehen oder im Auto sitzen zu bleiben. Ich entschied mich irgendwann für Letzteres, da ich mich den Gemeinheiten von Friederike und Sybille nicht länger aussetzen wollte. Voll bepackt kamen sie anschließend aus den Geschäften und während der Fahrt nach Hause diskutierten die beiden, welches Kleidungsstück sie am nächsten Schultag zuerst tragen würden. Die beiden durften sich täglich frisch gewaschene Kleidung aus dem Schrank nehmen, während ich meine wöchentlich vorgelegt bekam. Von Montag bis Sonntag trug ich dasselbe – Unterwäsche war davon nicht ausgenommen. Ich bekam indes die Kleidungsstücke, die den beiden nicht mehr gefielen, aus denen sie herausgewachsen waren, oder auch Kleidung von anderen Leuten, bevor sie in der Altkleidersammlung entsorgt wurde. Egal, ob sie mir gefiel oder nicht. Egal, ob diese ausgewaschen und dadurch unansehnlich war oder nicht, und völlig egal, ob ich mit dieser gehänselt wurde oder nicht – ich musste sie tragen.

Das Privileg, sich etwas zu wünschen, hatten nur Friederike und Sybille – ich nicht. Nicht einmal an meinem Geburtstag oder zu Weihnachten. Klar, dass Friederike und Sybille ihre Wünsche auch zu Weihnachten äußern durften, und daher war es auch keine Überraschung, dass unter dem Baum auch genau das lag, was sie sich gewünscht hatten. Ich bekam zu Weihnachten genauso wenig wie während des Jahres. Keine Spielsachen, kein Geschenk, das mir Freude bereitete. Am Heiligabend, bei der Bescherung, saßen alle im Wohnzimmer auf dem Sofa. Alle, das waren meine Pflegeeltern, Friederike, Sybille und die Mutter meines Pflegevaters. Nicht nur Friederike und Sybille nannten sie Oma, sondern auch ich durfte sie so nennen. Meine Pflegemutter mochte ihre Schwiegermutter nicht, unter anderem auch deshalb, weil sie für mich mehr Geld ausgab als für Friederike und

Sybille. Immer wieder gab es deshalb Streit zwischen den beiden. Meine Oma war auch die Einzige, die mich nach meinem Wünschen fragte. Ich wusste, dass sie eine sehr kleine Pension hatte und sich keine großen Sprünge erlauben konnte. Trotz alledem versuchte sie, mir so viel wie möglich zukommen zu lassen, damit sie das für sie so offensichtliche Ungleichgewicht etwas ausgleichen konnte. Auf dem Sofa wäre auch für mich genug Platz gewesen, aber ich musste auf dem Boden sitzen. Wenn mich meine Oma darauf ansprach, dass doch genug Platz für alle auf dem Sofa wäre, erwiderte meine Pflegemutter bissig: „Die soll auf dem Boden sitzen." Während Friederike und Sybille vor ihren unzähligen, hübsch verpackten Päckchen saßen, saß ich am Boden und schaute ihnen neiderfüllt zu, wie sie eines nach dem anderen gierig aufrissen und sich über den Inhalt freuten. Ich hatte meist zwei Päckchen vor mir liegen. Eines von meinen Pflegeeltern und eines von meiner Oma. In dem Päckchen meiner Pflegeeltern war wie fast jedes Jahr entweder eine Strumpfhose oder ein hässliches Nachthemd. In dem Päckchen meiner Oma waren meist Süßigkeiten und etwas zum Anziehen. Zugegeben, meine Oma war nicht gerade auf dem aktuellsten Stand, was Mode für Kids oder Teenies betraf, aber sie ließ mir die Freiheit, zu entscheiden, ob ich es gegen etwas anderes umtauschen mochte oder nicht. Sehr zum Ärgernis meiner Pflegemutter, die daraufhin stets meinte, dass ich für das, was ich bekäme, gefälligst dankbar sein solle. Ich durfte nie mit meiner Oma ungestört reden und fand ich doch einmal die Gelegenheit, mich mit ihr kurz zu unterhalten, musste ich meiner Pflegemutter das Gesprochene lückenlos wiedergeben. Außerdem wurde ich von ihr sofort in die Schranken verwiesen, indem sie mir sagte, dass ich das in Zukunft gefälligst zu unterlassen hätte. Meine Oma trat auch immer wieder dafür ein, dass der Keller kein Ort für ein Zimmer sei. Sie war meine einzige Hoffnung und ich klammerte mich lange Zeit an den Gedanken, dass sie eines Tages doch etwas zu meinen Gunsten bewegen könnte. Es blieb nichts anderes als eine Wunschvorstellung. Wurde sie zu lästig oder schnüffelte sie, wie meine Pflegemutter es nannte, zu viel, wurde sie des Hauses verwiesen und in den darauffolgenden Monaten auch nicht wieder eingeladen. Der Schnüffelvorwurf war natürlich nichts anderes als Ausdruck der Befürchtung, dass meine Oma zu viel von all den Vorgängen bei uns zuhause mitbekommen könnte, und es womöglich nach außen tragen würde.

Antonia, meine Schwester, war unweit unseres Hauses, etwa fünfzehn Gehminuten entfernt, bei einer Pflegefamilie untergebracht. Ich mochte Antonias Pflegemutter. Sie, eine etwas korpulentere Frau mittleren Alters, war fast immer gut gelaunt und fürsorglich und liebevoll im Umgang mit Antonia. Die ganzen Jahre über beneidete ich meine Schwester um diesen Platz. Ich kam vor Neid fast um, wenn ich mitansehen musste, wie Antonia von ihrer Pflegemutter in den Arm genommen wurde. Allein dieser Anblick ließ mir oft Tränen in die Augen steigen, denn ich ahnte schon sehr früh, dass mir dieses Glück wohl nie vergönnt sein würde.

Selten, vielleicht zwei Mal im Jahr, erlaubte mir meine Pflegemutter, Antonia zu besuchen. Sie gab mir vor, wie lange ich bleiben durfte, und wenn ich nach Hause zurückkam, musste ich, so wie bei den Unterhaltungen mit meiner Oma, das Gesprochene zwischen Antonia und mir wieder lückenlos wiedergeben. Einmal übersah ich die Zeit und verspätete mich, woraufhin mir meine Pflegemutter mit der Lederleine unseres Hundes verständlich machte, dass ich mich nicht zu verspäten hatte. Sie versuchte Informationen aus mir herauszuprügeln, die ich, wie sie dachte, an Antonia und ihre Pflegemutter weitergegeben haben könnte. Ich dachte sehr oft daran, Antonia und ihrer Pflegemutter von meinem Martyrium zu erzählen, nur war ich lange Zeit unsicher, ob sie auch dichthalten würden. Doch irgendwann war ich an einem Punkt angelangt, an dem ich nicht mehr anders konnte. Ich hatte das Gefühl, jeden Moment verrückt zu werden, wenn ich mich nicht bald jemandem anvertrauen könnte.

Wie üblich gab mir meine Pflegemutter auch an diesem besagten Tag vor, wie lange ich bei Antonia bleiben durfte. Meist war es eine halbe Stunde. Das reichte ihrer Meinung nach, denn was gäbe es zwischen uns beiden auch schon Großartiges zu bereden. An diesem Tag also saß ich zusammen mit Antonia und ihrer Pflegemutter in deren Küche. Wie üblich bei meinen

Besuchen, bekam ich von Antonias Pflegemutter auch an diesem Tag ein Glas Apfelsaft. Den Geschmack von Apfelsaft kannte ich nicht. Nicht, weil es dieses oder ähnliche Getränke bei uns zu Hause nicht gab, sondern weil diese ausschließlich meinen Pflegeeltern und deren Töchtern vorbehalten waren. Für mich gab es Leitungswasser und selbst darum musste ich, bevor ich den Wasserhahn aufdrehte, fragen. Obwohl ich von Antonias Pflegemutter immer dasselbe bunte Glas vorgestellt bekam, betrachtete ich es immer wieder von Neuen. Ich lebte in einer düsteren, schwarzen Welt, in einer Welt ohne jegliche Farbe. Die bunten Farben auf dem Saftglas erzeugten ein wohlig-warmes Gefühl in mir. Mit beiden Händen umklammerte ich jedes Mal das Glas und hatte dabei das Gefühl, als würden die Farben durch meine Blutbahn strömen, bis an die verwundetsten Stellen vordringen und sich dort tröstend und heilend niederlassen. Die Wärme der Farben, die ich mir einbildete, spüren zu können, machte mich für einen kurzen Moment zum glücklichsten Mädchen auf der Welt.

Ich saß also am Tisch, hielt das farbenfrohe Glas ganz fest in meinen Händen, streichelte mit meinen Daumen ein paar Mal über die bunten Farben, nippte ab und an von dem Apfelsaft und wartete auf die von Antonias Pflegemutter üblicherweise gestellte Frage, wie es mir ginge. Kaum war die Frage ausgesprochen, antwortete ich nicht mit meiner Standardaussage, dass es mir gut ginge. Dieses Mal wagte ich es, die Wahrheit über mein Befinden auszusprechen. Und ich wagte es, über die Vorfälle zu Hause zu berichten. Ich schämte mich dabei in Grund und Boden und hatte zugleich aber auch die Angst, dass mir Antonias Pflegemutter sagen könnte, dass alles nur meine Schuld sei. Trotz meiner Befürchtung erhoffte ich mir Ratschläge und, in welcher Form auch immer, Hilfe. Was ich von Antonia stattdessen bekam, war die Anschuldigung, dass meine Erzählung an den Haaren herbeigezogen sei.

Antonias Reaktion war ein Schlag in die Magengrube. Ich war von meiner Schwester bitter enttäuscht. Auch sie ließ sich, wie all die anderen auch, von der nach außen hin fürsorglichen Familie blenden. Antonias Pflegemutter hingegen schwieg zunächst. Ihrem Gesichtsausdruck nach zu urteilen, suchte sie nach passenden Worten. Zugegebenermaßen seien meine Pflegeeltern etwas seltsame Leute, wie Antonias Pflegemutter nach einer Weile des Schweigens meinte, und erzählte mir folglich auch, dass es vor Jahren einen Vorfall mit Katharina gegeben hatte. Ein Vorfall, der durch Katharina selbst nach außen gedrungen war. Sie erzählte mir, dass das Mädchen eines Tages an einer Hand blau unterlaufene Finger gehabt hatte. Katharina hatte erzählt, dass man ihr diese zu Hause zugefügt habe, als sie dabei erwischt worden war, heimlich aus dem Kühlschrank ein paar Scheiben Wurst zu entwenden. Antonia verdrehte während der Schilderung ihrer Pflegemutter mehrmals die Augen und schüttelte ungläubig den Kopf. Ich allerdings hatte nicht die geringsten Zweifel an dieser Geschichte, denn schließlich hatten mich meine Pflegeeltern schon sehr früh wissen lassen, dass Katharina in ihren Augen eine Diebin war, und was sie dagegen unternahmen, um ihr das Stehlen abzugewöhnen. Was aber der Auslöser dafür gewesen war, dass Katharina von der Behörde abgeholt wurde, wisse sie nicht, wie sie meinte. Viel erfuhr ich nicht, aber es reichte, um diese Leute noch mehr zu hassen. Schließlich bot mir Antonias Pflegemutter an, sich mit meinen Pflegeeltern in Verbindung zu setzen, um mit ihnen über meinen heutigen Besuch zu sprechen. Ich hoffte jedoch, dass sie mir das Angebot unterbreiten würde, sich mit dem zuständigen Jugendamt in Verbindung zu setzen, und in meiner schier grenzenlosen Verzweiflung hoffte ich zugegebenermaßen auch, dass sie mir den Vorschlag machen würde, mich neben Antonia bei sich aufzunehmen. Stattdessen bot sie mir *diese Art von Hilfe* an, die ich ohne eine Sekunde des Zögerns ablehnte. Ich wusste, dass meine Pflegeeltern alles bestreiten würden, und ich wusste auch, dass ich für mein Ausplaudern bitter bezahlen würde.

Bald darauf ging ich. Antonia vermittelte mir die ganze Zeit über, dass das, was mit ihrer Schwester geschehe, sie ohnehin nicht interessiere, und Antonias Pflegemutter schien mit mir und diesen Geschehnissen doch ein wenig „überfordert“ zu sein. Tief bestürzt und noch verzweifelter als zuvor machte ich mich danach wieder auf den Heimweg, und da ich um ein Vielfaches verspätet nach Hause kam, erwarteten mich, was sonst, Prügel.

Den Launen meiner Pflegemutter ausgesetzt erwarteten mich in solchen Momenten als Strafe neben ein paar Ohrfeigen auch Züchtigungen in Form von Faustschlägen, mit Rute, Kochlöffel oder Tritten. Ich hatte mich einfach nicht zu verspäten. Außerdem versuchte sie auf diese Weise an Informationen zu gelangen, die ich, wie sie dachte, an Antonia weitergegeben haben könnte. Nach solchen oder ähnlichen Übergriffen trug ich, selbst im Sommer, oft langärmlige T-Shirts oder Sweater, damit niemand sehen konnte, mit welchen Methoden meine Pflegeeltern versuchten, aus mir einen gehorsamen Menschen zu machen. Ständig war ich im Unterbewusstsein damit beschäftigt, mir nicht die Ärmel hochzukrempeln. Doch für den Fall, dass ich es einmal vergessen könnte, wurde schon frühzeitig gesorgt. Man unterzog mich auch dahingehend schon frühzeitig Gehirnwäschen, was ich in so einem Fall zu sagen hatte. Schläge mit dem Besenstiel auf die Hinterseite meiner Beine oder auf den Rücken schmerzten ganz besonders. Mehrmals humpelte ich noch Tage später. In der Schule gab ich als Grund jedes Mal an, dass ich beim Fahrradfahren wieder einmal gestürzt sei und mir das Bein verletzt habe.

Caya, die Schäferhündin meiner Pflegefamilie, erging es kaum besser. Auch sie bekam regelmäßig Fußtritte und Schläge mit der Leine, allem voran, wenn sie durch Bellen einen Fremden am Tor ankündigte. Kaum sah sie meinen Pflegevater, war ihr Körper angespannt, ihre Hinterbeine leicht eingeknickt und die Rute zwischen den Beinen eingeklemmt. Sie kroch buchstäblich in sich zusammen. Nach Schlägen saß ich oft bei ihr und versuchte, sie mit Streicheln zu trösten – als Dankeschön schleckte sie mir die Hand. Mein Herz blutete, wenn ich sah, mit welcher Brutalität sie manchmal geschlagen wurde. Saß ich im Keller, konnte ich Caya öfter bis nach unten hören. Ihr Jaulen ging mir durch Mark und Bein und ich war todunglücklich, dass ich nicht zu ihr gelangen und sie trösten konnte. Während sie geprügelt wurde, fletschte sie oft die Zähne, und ich hoffte, sie würde eines Tages einen Satz machen und meinen Pflegevater so kräftig in den Hals beißen, dass er an Ort und Stelle verblutete.

Unzählige Male saß ich im Garten hinter dem hohen Holzstapel und schrieb Gedichte, schrieb in Gedanken an meine Eltern, schrieb ihnen, wie sehr ich sie vermisste, und ich schrieb Abschiedsbriefe an meine Pflegeeltern. Abschiedsbriefe, in denen ich ankündigte, nach der Schule nicht mehr nach Hause zu kommen. Anschließend zerriss ich diese Zettel in kleinste Papierschnitzel, damit niemand lesen konnte, was darauf stand.

Die Schule war der Himmel auf Erden für mich. Ich war froh, den Misshandlungen jeweils für ein paar Stunden entkommen zu können. Auch wenn ich aufgrund meiner altmodischen, ausgewaschenen und teils zerfledderten Kleidung leichte Beute für Hänseleien war. Die Schule war der einzige Ort, an dem ich für meine Leistungen, zumindest gelegentlich, gelobt wurde. Anfangs lief ich noch in Hochstimmung mit meinen guten Noten nach Hause. Doch noch schneller als ich nach Hause gelaufen war, wurde mir dann wieder klar gemacht, dass es für mich keinen Grund zur Freude gäbe, denn ich bräuchte mir darauf nichts einbilden, wie man meinte. Ich hätte das Blut meiner Eltern, sie seien Versager, ich sei es ebenso und darüber hinaus bliebe ich es auch auf alle Zeit, bekam ich als Lob und Anerkennung für meine guten Noten. Ich gab alles, was in meiner Macht stand, um irgendetwas Positives zu vollbringen, damit sie mich endlich anerkannten und mich als gleichwertiges Familienmitglied behandelten. Doch so sehr ich mich auch bemühte, es war einfach immer zu wenig.

Nach der Schule schlenderte ich immer wieder, anstatt gleich nach Hause zu gehen, durch den nahegelegenen Wald. Auf dem Weg dorthin überquerte ich zahlreiche Wiesen, riss büschelweise Gras aus und nahm es mit in den Wald. Ich ließ mich dort auf dem Boden nieder, beobachtete Ameisen und anderes Getier, streichelte über nasses Moos und malte mit kleinen Holzspänen Bilder in die feuchte Erde. Nach einer Weile nahm ich meine Büschel Grashalme in die Hand und, nachdem ich sie von Ungeziefer befreit hatte, verspeiste ich sie. Die Chancen, dass ich zu Hause etwas zu essen bekam, standen fünfzig zu fünfzig. Bekam ich kein Essen an diesem Tag, hatte ich zumindest irgendetwas im Magen, und auch wenn ich ab und an das

Grünzeug wieder erbrach, hatte ich das Gefühl oder ich bildete mir zumindest ein, dass ich etwas weniger hungrig war. Eines Tages machte mir allerdings der Bauer einen Strich durch die Rechnung. Als er sah, dass ich wieder einmal quer über seine Wiese schlenderte, dabei sein schönes Gras zertrampelte, und es auch noch büschelweise ausriss, ermahnte er mich, von hier zu verschwinden und mein Tun in Zukunft gefälligst zu unterlassen. Nach dieser Abmahnung suchte ich mir einfach eine neue Wiese. Während ich so da saß und meine Grashalme verspeiste, machte ich mir wie so oft Gedanken über mein Leben. Und je öfter und intensiver ich mich damit beschäftigte, desto bewusster wurde mir, dass ich mein Leben bereits im Volksschulalter hasste. Aber noch viel mehr hasste ich meine Pflegeeltern und deren Töchter. Ich hasste es morgens aufzustehen und ich hasste es, überhaupt am Leben zu sein. Stundenlang saß ich auf demselben Fleckchen Erde und malte mir in meinen Gedanken Bilder davon aus, wie schön es wäre, in einer Familie zu leben, die mir das Gefühl gäbe, etwas wert zu sein. Tagein, tagaus musste ich mit ansehen und mir anhören, welch liebevolle Eltern meine Klassenkameraden hatten. Eltern, die ihre Kinder umarmten und ihnen einen Abschiedskuss auf die Wangen drückten. Eltern, die sich freuten, ihre Kinder nach der Schule wieder zu sehen. Eltern, die mit ihren Kindern in der Freizeit Spiele spielten oder ins Kino gingen, Eltern, die zeigten, wie stolz sie auf ihr Kind waren. Wie gerne hätte ich dieses Gefühl nur ein einziges Mal kennengelernt. Oft machte ich mich erst bei Einbruch der Dunkelheit auf den Heimweg. Meine Pflegemutter kam mir gelegentlich auf halber Strecke entgegen und schnauzte mich dabei schon von Weitem an, indem sie meinte, dass ich mich nicht herumzutreiben hätte. Der Gedanke, dass ich nicht nach Hause wollte, scheint ihr vermutlich nie in den Sinn gekommen zu sein.

Friederike und Sybille mussten weder im Haushalt noch im Garten helfen. Die beiden Prinzessinnen hatten Wichtigeres zu tun als mit anzupacken. Das Erste, was ich zu erledigen hatte, wenn ich von der Schule nach Hause kam, war, dass ich für meine Pflegemutter zu einem einen Kilometer entfernten Gasthaus gehen musste, um ihr Zigaretten zu holen. Sie wartete zu diesem Zweck bereits auf mich im Stiegenhaus und drückte mir wortlos einen Geldschein in die Hand. Während ich auf dem Weg war, durchsuchte sie meine Schultasche. Fand sie Papierschnipsel oder ein Eselsohr an einem meiner Hefte, bekam ich nach meiner Rückkehr gleich wieder eine Abreibung. Sofern ich ein Essen bekam, machte ich mich danach an meine Hausaufgaben und an die Arbeit in der Küche oder im Garten. Geschirr spülen, staubsaugen, Unkraut jäten, Rasen zusammenrechen, Grünschnitt entsorgen und Holzarbeiten waren an der Tagesordnung. Freundschaften konnte ich so gut wie keine pflegen, da ich vollkommen isoliert aufwuchs, und hatte ich einmal jemanden, mit dem ich tratschen konnte, wurde der Kontakt sofort unterbunden, da meine Pflegeeltern immer befürchteten, dass ich etwas ausplaudern könne. Abends fiel ich todmüde ins Bett, was jedoch nicht hieß, dass ich schlafen konnte, denn der Keller war alles andere als ein behaglicher Ort. Unausgeschlafen ging es am nächsten Tag wieder in die Schule. Konzentrationsprobleme und mehrmaliges Einnicken während der Schulstunden führten dazu, dass meine Klassenlehrerin in mein Mitteilungsheft schrieb, dass ich früher zu Bett gehen solle. An solch unausgeschlafenen Tagen gab es dann zu allem Überfluss oft auch noch Leseübung als Hausaufgabe. Allein das Wort Leseübung meiner Klassenlehrerin reichte aus, dass sich mein Magen verkrampfte. Bereits auf dem Nachhauseweg wurde mir ganz angst und bange und ich spürte, wie ich innerlich immer mehr zu frieren begann. Immerhin wusste ich, was die folgenden Stunden für mich noch so bereithielten. Mit mir das Lesen zu üben, war meist Sache meines Pflegevaters. Eine willkommene Gelegenheit für ihn, mich wieder einmal seine Gewaltbereitschaft spüren zu lassen. Bis ich überhaupt anfing zu lesen, dauerte es schon jedes Mal eine halbe Ewigkeit. Mein Herz schlug mir bis zum Hals und mir war schon vorab zum Weinen zumute. Sehr zum Ärgernis meines Pflegevaters, der ganz dicht, links neben mir saß. Mehrmals schielte ich ihn von der Seite an, um ungefähr abschätzen zu können, bis wann ich mit dem ersten Schlag zu rechnen hatte. Nach mehreren Anläufen begann ich schließlich mit zittriger Stimme die ersten Sätze vorzulesen. Von flüssigem Lesen natürlich keine Spur. Um mich davor zu warnen, nicht noch einmal so schlampig zu lesen, nahm er mich schon mal am Hinterkopf an den Haaren. Mit seinem festen Griff und der Androhung, dass bald etwas passieren würde, sofern ich nicht spurte, gab er mir die Chance, den Satz nochmals zu lesen. Ich bemühte mich so gut ich konnte, doch ich scheiterte immer wieder. Den Satz hatte ich nicht einmal noch zur Gänze fertig gelesen, da durchfuhr mich ein Schmerz, als hätte sich die Tischkante durch meine Stirn gebohrt. In meinem Kopf fühlte es sich an, als würde ein fürchterliches Erdbeben alles Existierende vernichten. Um es ihm so schwer wie möglich zu machen, machte ich mich so steif wie möglich. Gegen die Kraft eines ausgewachsenen Mannes hatte ich allerdings nicht die geringste Chance. Auf den nächsten gescheiterten Leseversuch folgte ein weiterer Schlag gegen die Tischkante. Dass ich mit jedem Schlag ängstlicher wurde, mich nicht mehr traute, überhaupt noch den Mund aufzumachen, geschweige denn, nur einen einzigen Satz zu lesen, schien meinen Pflegevater nicht zu stören. Auch dass mir in weiterer Folge Blut aus der Nase lief, hinderte ihn nicht daran, damit aufzuhören. Den Blutfluss versuchte ich damit zu stoppen, indem ich durch die Nase einatmete und das Blut wieder hochzog. Die Leseübung war in der Regel erst dann beendet, wenn ich jedes Wort richtig aussprechen und jeden Satz richtig betonen konnte. Ab und an hatte ich allerdings auch Glück und ich durfte die Übung schon vorab beenden. Das war dann der Fall, wenn sich bereits zu viele Blutspritzer auf der Buchseite befanden und ich so gut wie nichts mehr darauf lesen konnte.

Nach den Leseübungen begab ich mich ins Badezimmer, um die Seiten zu waschen. Das Blut ließ sich jedoch mit Wasser allein nicht entfernen und deshalb war ich gezwungen, Seife zu verwenden, was zur Folge hatte, dass sich die Printfarbe auswusch und auf den Seiten nichts mehr zu lesen war. In der Schule bekam ich deshalb Schwierigkeiten und jedes Mal ein fettes Minus verpasst, da meine Klassenlehrerin annahm, ich würde das aus Jux und Tollerei machen. Bei einem der Elternsprechtage, zu denen ich immer mit meiner Pflegemutter hin musste, sprach meine Klassenlehrerin meine Pflegemutter einmal auf die ausgewaschenen Seiten an. Daraufhin sah mich meine Pflegemutter an und sagte mit freundlichem, aber bestimmtem Ton: „Siehst du, wir haben dir schon unzählige Male gesagt, dass deine Schulbücher während des Essens nicht auf dem Tisch zu liegen haben." In Gegenwart Fremder spielte meine Pflegemutter die Rolle der Liebevollen und Fürsorglichen und so kam niemand auf den Gedanken, dass sie in Wirklichkeit ein Monster war.

Friederike war frühreif, sie trieb sich schon früh mit Jungs herum, heiratete mit achtzehn und brachte bald darauf ihr erstes Kind zur Welt. Andreas, Friederikes Mann arbeitete hart am Eigenheim für seine Familie und war ein fürsorglicher Familienvater. Ich mochte Andreas' ruhige Art und ich freute mich immer, wenn ich ihn zu Gesicht bekam. In seiner Gegenwart fühlte ich mich wohl, und auch wenn wir nicht viel miteinander sprachen, schienen all meine Probleme für einen Augenblick vergessen zu sein. Friederike und Andreas bekamen bald weiteren Nachwuchs. Mit dem zweiten Kind ließ die Erfüllung von Friederikes Mutterpflichten mehr und mehr zu wünschen übrig. Sie gab die beiden Kinder immer öfter in die Obhut meiner Pflegeeltern. Während Andreas nach wie vor beinahe rund um die Uhr an seinem Haus schuftete, trieb sich Friederike immer öfter in Nachtlokalen herum. Andreas tat mir leid, denn er hatte es meiner Ansicht nach nicht verdient, Tag und Nacht zu arbeiten, während sich seine Frau anderwärtig vergnügte.

Ich war in der neunten Schulstufe, als mich Andreas eines späten Nachmittags von der Schule abholte. Ich war überrascht, denn das war nie zuvor der Fall gewesen. Ich freute mich riesig ihn zu sehen und stieg zu ihm ins Auto. Während der Fahrt sprachen wir ausschließlich über Schulisches und mir fiel an seinem Verhalten zunächst auch nichts Außergewöhnliches auf. Als wir uns meinem Zuhause näherten, fragte er mich, ob ich Lust hätte, mit ihm auf einen Drink zu gehen. Ich sah zu ihm rüber, und ehe ich eine Antwort auf seine Frage geben konnte, meinte er, dass ich keine Angst haben müsse, denn er würde es meinen Pflegeeltern erklären, dass er Schuld an meiner Verspätung habe. Diese Aussage stimmte mich nachdenklich. Sagte er, ich müsse keine Angst haben? Das deutete doch wohl darauf hin, dass er von meinen Problemen zu Hause wusste. Aber woher? Von Friederike keinesfalls, und Andreas war nicht oft bei uns zu Hause, konnte also nicht viel mitbekommen haben. Ohne auf eine

Antwort von mir zu warten, hielt er wie selbstverständlich einige Kilometer von zu Hause entfernt vor einem Lokal. Während ich noch immer im Wageninneren saß und mir Gedanken darüber machte, weshalb Andreas so darauf aus war, mit mir auf einen Drink zu gehen, näherte er sich bereits dem Eingang des Lokals. Mit einer Handbewegung bedeutete er mir, aus dem Wagen zu steigen. Ich stieg aus und ging hinter ihm her. Wir betraten das Lokal, setzten uns an die Bar und zu meiner nächsten Verwunderung bestellte sich Andreas ein großes Glas Bier, obwohl er meines Wissens so gut wie nie Alkohol trank. Er nahm einen kräftigen Schluck, stellte das Glas auf die Theke, wischte mit seinen Händen über die Außenseite des Glases und wandte danach den Blick in meine Richtung. „Ich weiß, dass du daheim geschlagen wirst!" Am liebsten wäre ich in diesem Moment in der Erde versunken. „Weißt du, woher ich das weiß?" Auf seine Frage antwortete ich lediglich mit einem kleinlauten „Nein". „Ich sollte eines Tages die Kinder zu euch bringen, da Friederike nicht zu Hause war und ich in die Arbeit musste. Als ich an eurem Einfahrtstor die Kinder aus dem Auto holte, hörte ich dich weinen und, wie du auf niederträchtige Weise beschimpft wurdest. Ich setzte daraufhin die Kinder wieder ins Auto, fuhr mit ihnen zurück nach Hause und meldete mich in meiner Firma krank. Als wir uns Tage später sahen, fielen mir seltsame Farbschattierungen rund um dein Auge auf." Andreas streichelte mir ganz kurz über die linke Schulter und nickte dabei mit dem Kopf, was so viel hieß wie: „Ja, ich weiß es." Es schön zu reden, war zwecklos. Ich konnte Andreas nicht einmal in die Augen sehen, so sehr schämte ich mich vor ihm. Ich schämte mich dafür, dass ich „anders" war, anders als Friederike und Sybille. Ich schämte mich dafür, dass ich ein Mädchen war, dass weder von seinen leiblichen Eltern, noch von seinen Pflegeeltern, geschweige denn von deren Töchtern gemocht wurde, ich schämte mich für mein jahrelanges Versagen und ich schämte mich dafür, dass ich ein gottverdammter Feigling war. Ich war zu dumm, zu unfähig, zu feige, meinen Pflegeeltern gegenüberzutreten und ihnen zu sagen, dass das, was sie mir antaten, nicht in Ordnung sei, dass sie mir damit unendlichen Schmerz zufügten und aus mir einen traurigen, nicht lebensbejahenden Menschen machten. Ich schämte mich für meine eigene Schwäche, für mein eigenes Versagen.

Ich saß neben Andreas und starrte in mein Glas Wasser. Das war also der Grund, weshalb er mich von der Schule abgeholt hatte und mit mir hierher gefahren war, dachte ich. Obwohl ich Andreas so sehr mochte, war ich zunächst unsicher, ob ich ihm erzählen sollte, was sich zu Hause seit vielen Jahren abspielte. Er würde es aller Wahrscheinlichkeit nach Friederike erzählen, die wiederum meinen Pflegeeltern, und was mir dann blühen würde, konnte ich mir im Vorhinein ausmalen. Aber was hatte ich außer meinem Leben eigentlich zu verlieren? Im Grunde genommen nichts, gar nichts. Also brach ich mein Schweigen. Folglich erzählte ich ihm von meinen

Ängsten, Albträumen und Hassgefühlen, von den jahrelangen Quälereien, schlimmsten Misshandlungen, meiner Traurigkeit und dem unerträglichen Schmerz durch Isolation und die Verbannung in den Keller. Andreas hörte mir geduldig zu und stellte nichts von dem, was ich berichtete, in Frage. Mit ihm zu reden, tat mir gut. Er sah mich immerfort an und meinte, dass ich stolz auf mich sein könne, welch gute Leistungen ich dennoch in der Schule habe, und er versuchte mich dahingehend aufzubauen, dass ich für meine Tapferkeit im späteren Leben sicher belohnt werden würde. Ich saugte sein Lob auf wie ein Schwamm, sodass ich um ein Haar anfing zu weinen, denn niemand hatte je zuvor Positives zu mir gesagt.

Draußen war es bereits dunkel geworden und wir saßen noch immer an der Bar und redeten nur über dieses eine Thema. Während Andreas ein Bier nach dem anderen förmlich in sich hineinleerte, fragte ich mich langsam, wie ich wohl wieder nach Hause kommen würde. Wäre es nach ihm gegangen, hätten wir noch einige Zeit an der Bar verbracht. Ich jedoch drängte nach Hause, denn ich wurde, obwohl mir Andreas Rückendeckung für mein Zuspätkommen zusicherte, zunehmend unruhig.

Andreas brachte mich wie vereinbart nach Hause. Er ging noch für einen kurzen Moment mit ins Haus und erklärte meinen Pflegeeltern, dass er mich „entführt“ habe und er der Grund für mein Zuspätkommen sei. Gegenüber ihrem Schwiegersohn taten sie es mit einem Lächeln ab, so, als wäre mein „Ausflug“

mit ihm doch das Selbstverständlichste auf der Welt. Doch kaum hatte er das Haus verlassen, verwandelten sich die freundlichen Gesichter in die üblichen angsteinflößenden Fratzen. Ich stand mitten in der Küche, links neben mir mein Pflegevater, rechts meine Pflegemutter. Abwechselnd sah ich beiden ins Gesicht. Ich wusste natürlich, was sie von mir erwarteten. Ich tischte ihnen irgendeinen Gesprächsinhalt zwischen Andreas und mir auf und hoffte zugleich, dass damit die Sache erledigt sei. Sie trauten mir nicht. Durch ihre Drohungen, wie auch dieser, mich zur Haarwäsche zu führen, versuchten beide mich einzuschüchtern und zum Reden zu bringen. Wenn sie auch sonst mit ihren Drohungen immer Erfolg hatten, dieses Mal aber hatten sie es nicht. Ich blieb beharrlich bei meiner Aussage und plauderte nichts davon aus, dass Andreas von nun an wusste, was bei uns zu Hause abging.

Später im Keller lag ich auf meinem Bett, und während ich durch Anpusten das Brennen meiner Striemen etwas zu kühlen versuchte, überkam mich die Sorge, dass Andreas aufgrund seines Alkoholpegels etwas auf dem Heimweg zustoßen könnte. Das Gespräch mit ihm beschäftigte mich die ganze Nacht, sodass ich kein Auge zutat. Es war ein unbeschreiblich schönes Gefühl zu wissen, dass von nun an jemand da wäre, mit dem ich über alles reden konnte. Und vielleicht könnte er mir auch helfen, von diesem grauenhaften Ort wegzukommen. Mit offenen Augen träumte ich wieder einmal vor mich hin. Ich stellte mir vor, wie es wäre, wenn er mich eines Tages heimlich von hier wegbringen würde. In meiner aufkommenden Euphorie sah ich mich bereits weit weg von diesem Ort, in irgendeiner verlassenen Hütte, dort, wo mich niemand finden würde. Dort, wo ich in Frieden leben könnte und nie wieder solchen Ängsten und Leuten ausgesetzt wäre. Andreas würde mich täglich besuchen und mich mit den notwendigsten Dingen versorgen. Was für eine schöne Vorstellung. Vielleicht könnte ich Andreas in Wirklichkeit sogar dazu bringen, mir diesen Wunsch zu erfüllen, dachte ich.

Als ich am nächsten Tag von der Schule nach Hause kam, kam mir meine Pflegemutter mit verheulten Augen im Stiegenhaus entgegen und schrie mich an: „Heute wirst du reden!" Ich stand da wie versteinert. Ich hatte nicht die leiseste Ahnung, was sie damit meinte. Sie verwies mich in den Keller mit dem Vermerk, mich dort für später bereitzuhalten. Auffallend oft läutete an diesem Nachmittag das Telefon, und das nahm ich zum Anlass, mich hinter die Kellertür zu stellen und zu lauschen. Was ich da hörte, versetzte mir einen solchen Stich ins Herz, dass es mich zu zerstören drohte. Andreas war, nachdem er mich zu Hause abgesetzt hatte, nicht zu sich gefahren, sondern in ein nahegelegenes Waldgebiet. Er war mit seinem Fahrzeug tief in den Wald gefahren, hatte das Auto mit einem Schlauch präpariert, die Auspuffgase ins Fahrzeug geleitet und sich damit das Leben genommen. Förster hatten ihn in den frühen Morgenstunden entdeckt. Er ging, ohne einen Abschiedsbrief zu hinterlassen. Mir war sofort klar, dass er deshalb am Abend davor so viel getrunken hatte – um sich Mut anzutrinken. Ich war die Letzte, die ihn lebend gesehen hatte, und ich war die Letzte, die mit ihm gesprochen hatte. Eine Welt drohte einzustürzen. Gerade Andreas, der Mensch, den ich so gern mochte und dem ich mich am Vorabend anvertraut hatte. Der Mensch, der *mir* wenige Stunden zuvor Trost gespendet hatte, nahm sich selbst das Leben. Hätte ich geahnt, dass er Trost nötiger gehabt hätte als ich, hätte ich ihm nichts von meinem Leid erzählt. Aber warum war es ihm so wichtig gewesen, gerade mich in seinen letzten Stunden neben sich sitzen zu haben? Wollte er womöglich sein Gewissen erleichtern, indem er mir „beichtete", dass er von vielem wusste? Ich fragte mich, ob ich ihn durch mein Ausplaudern ein Stück mit in die Verzweiflung getrieben hatte. Ich fühlte mich für seinen Freitod mit schuldig. Oder trug ich gar die gesamte Schuld an seinem freiwilligen Dahinscheiden? Warum hatte ich nicht einfach still sein können. Stattdessen war ich so rücksichtslos gewesen und hatte ihn mit meinen Problemen belastet.

Hätte ich Friederike nicht schon vorher gehasst, dann spätestens zum Zeitpunkt, als sie kurz nach Andreas' Tod mit einem neuen Mann an ihrer Seite angetanzt kam. Andreas war noch nicht lange unter der Erde, und sie tat so, als wäre nichts passiert, das war für mich nicht nachvollziehbar.

Mein Zimmer

Bis zu meinem achten Lebensjahr war ich in Sybilles Zimmer untergebracht. Das Zimmer war durchaus groß genug für zwei, aber Sybille begann sich irgendwann darüber zu beklagen, dass ich ihr lästig sei und sie meine Anwesenheit nicht mehr länger ertragen könne. Das zweite Kinderzimmer gehörte Friederike und somit war für mich im Wohnbereich kein Platz mehr. Meine Pflegeeltern beschlossen daher, mich in den Keller auszuquartieren. Ich erinnere mich noch gut daran, dass mein Pflegevater versuchte, mir den Raum im Keller als so interessant wie möglich „zu verkaufen", und ich erinnere mich auch noch, dass ich mich anfangs richtiggehend freute, meine eigenen vier Wände zu haben. Nach diesem „Verkaufsgespräch" begann mein Pflegevater bald, den für mich vorgesehenen Raum im Keller zu entrümpeln und ihn für mich umzugestalten. Er verkleidete die Decke mit Styroporplatten, verlegte auf dem Boden selbstklebende Filzfliesen und montierte ein kleines Fenster, das zwar nett anzusehen war, aber den Witterungsverhältnissen nicht wirklich standhielt. Die anfängliche Freude über mein eigenes Zimmer währte nicht lange. Ein Zimmer, das im Winter aufgrund fehlender Heizung bitterkalt war und im Sommer bei starkem Regen überschwemmt zu werden drohte. Der Raum, in dem ich von nun an untergebracht war, war etwa acht Quadratmeter groß, mehr als ein Klappbett mit einem kleinen Nachtkästchen, ein zweitüriger Schrank sowie ein winzig kleiner Schreibtisch hatten nicht Platz. Der Keller war vom Wohnbereich durch eine Metallschiebetür getrennt und beim Öffnen dieser Tür kam einem sofort ein modriger Geruch entgegen. Dass der Keller kein Geschenk im Sinne der christlichen Nächstenliebe war, sondern der Ausgrenzung und Bestrafung diente, bekam ich sehr bald zu spüren. Ehe mein Leben richtig begann, war es spätestens ab dem Zeitpunkt der Ausquartierung in den Keller wieder vorbei. Mein Inneres erlosch schon bald wie eine Kerze im Wind.

Nach Schlägen wurde ich in den Keller verbannt und die Schiebetür von außen mit einem Metallhaken gesichert. Da lag ich dann auf meinem Klappbett, einsam und weinend in meine Decke gewickelt. Musste ich auf die Toilette, so hatte ich ganz einfach Pech. Anfangs klopfte ich noch an die Tür, rief und bettelte, dass sie mich bitte für den Gang zur Toilette nach oben lassen sollten, doch man schenkte mir, wie in all den anderen Dingen auch, kein Gehör. Um mir nicht in die Hose zu machen, musste ich mir also etwas anderes einfallen lassen. Links von meinem Zimmer befand sich der Gemüsekeller. In diesem lagerten in der Regel Äpfel, aus dem Garten geerntetes Gemüse sowie Getränke. Der Boden dieses Kellers war nicht wie sonst aus Beton, sondern aus Erde. War ich im Keller eingesperrt und musste dringend auf die Toilette, schlich ich mich von nun an in den Gemüsekeller, um dort auf einem kleinen Fleckchen Erde, zwischen dem Gemüse, mein kleines Geschäft zu verrichten. Da es natürlich immer wieder ganz übel roch, machten sich meine Pflegeeltern permanent auf die Suche nach der Ursache, da sie annahmen, dass verdorbenes, verfaultes Gemüse diesen Gestank verursachte. Hinter den wahren Grund kamen sie glücklicherweise nie. In meinen Gedanken konnte ich mir auch ausmalen, was mit mir geschehen wäre, wären sie mir auf die Schliche gekommen, oder noch schlimmer, wenn sie mich einmal dabei erwischt hätten.

Hatte ich abends Durst, suchte ich nach Möglichkeiten, um an Flüssigkeit zu kommen. Mit einem Schraubenzieher in der Hand schlich ich mich anfangs noch in den Waschraum. Ich hatte die Hoffnung, dass ich es eines Abends doch noch schaffen könnte, den Zuleitungsschlauch der Waschmaschine vom Wasseranschluss zu trennen, um so an Wasser zu kommen. Ich kniete auf dem Betonsockel neben der Waschmaschine, hantierte mit dem Schraubenzieher herum und versuchte mit aller Kraft, diese eine Schraube aufzubekommen, doch der Schraubenzieher drehte sich in meinen kindlichen Händen einfach nur durch. Viel zu fest war sie angezogen – ich hatte keine Chance. Der Traum, am Waschmaschinenanschluss künftig meinen Durst stillen zu können, zerplatzte demnach wie eine Seifenblase.

Eines Abends, als mir die Zunge vor lauter Durst wieder einmal am Gaumen kleben blieb, hatte ich die Idee, in den Gemüsekeller zu gehen und mir aus der Mineralwasserkiste eine Flasche zu holen. Als ich jedoch vor dieser Kiste stand, entschloss ich mich spontan, aus jeder Flasche nur einen Schluck zu entnehmen, da ich dachte, dass dies nicht auffallen würde. Dass aber durch mein Öffnen der Flaschen die darin enthaltene Kohlensäure langsam entweichen würde und meine Pflegeeltern es außerdem noch bemerken würden, dass die Flaschen bereits geöffnet worden waren, soweit dachte ich nicht.

Im Mülleimer der Schule sah ich ein paar Tage später eine kleine, leere Plastikflasche. Ich nahm sie, befüllte sie auf dem Toilettenwaschbecken mit Wasser und verstaute sie in meiner Schultasche. Zu Hause schmuggelte ich sie in den Keller und verstaute sie hinter dem Schrank. Morgens schlich ich mich mit der leeren Plastikflasche aus dem Haus und nach der Schule mit der vollen wieder ins Haus. Hörte ich jedoch beim Nachhausekommen meine Pflegemutter schon im Stiegenhaus, nahm ich schnell meine Trinkflasche aus der Schultasche und warf sie hinter die Thujen unmittelbar neben dem Gartentor. Wäre ich ihr gleich im Eingangsbereich des Hauses über den Weg gelaufen, hätte sie mir die Schultasche zur Inspektion sofort abgenommen. Begegnete ich ihr beim Nachhausekommen nicht, konnte ich mich mit meiner Schultasche in den Keller schleichen und dort schnell meinen Schatz verstecken. Meine Schätze in der Schultasche beschränkten sich aber nicht nur auf die Wasserflasche, sondern hin und wieder schmuggelte ich auch Süßigkeiten, die ich von Mitschülern bekam, nach Hause. Schaffte ich es, meine Kostbarkeiten rechtzeitig in Sicherheit zu bringen, dann begann ich innerlich nicht so sehr zu frieren, wenn mich meine Pflegemutter mit bissiger Stimme zu „hol deine Schultasche“ aufforderte.

Strafen durch Essensentzug waren genauso an der Tagesordnung wie Schläge. Oft knurrte mir abends der Magen so stark, dass ich kaum einschlafen konnte. Nachts lag ich deshalb immer wieder wach und mir lief das Wasser im Mund zusammen, wenn ich an Essen dachte. Einige Tage nach meiner Aktion mit dem Mineralwasser konnte ich vor Hunger wieder einmal nicht einschlafen. Im Gemüsekeller war weder Obst noch frisches Gemüse lagernd. Die einzige Möglichkeit an Essen zu kommen, bot sich mir nur, wenn ich mich am Inhalt der Gefriertruhe im Keller bediente. Der Gedanke, Gefrorenes zu essen und mir möglicherweise gehörig den Magen zu verderben, war kein schöner, aber immerhin besser, als wieder eine Nacht lang mit knurrendem Magen keinen Schlaf zu finden. Ich öffnete meine Zimmertür, schlich mich den stockdunklen Kellergang entlang bis hin zur Gefriertruhe. Ich öffnete die Truhe, inspizierte den Inhalt, bis ich eine Handvoll gefrorene Pommes und ein Stück von einem selbst gebackenen Kuchen entnahm. Damit schlich ich mich zurück in mein Zimmer, setzte mich aufs Bett und begann daran zu knabbern. So lange, bis nichts mehr davon übrig war. Meine Kehle und mein Magen fühlten sich hinterher mindestens so kalt an wie das Gefrorene in der Tiefkühltruhe. Mit dem Gedanken, dass ich für meinen Diebstahl bald bitter bezahlen würde, schlief ich irgendwann ein. Die darauffolgenden Abende nahm ich immer wieder kleinere Portionen Gefrorenes aus der Tiefkühltruhe. Ich dachte mir, dass es nun schon egal wäre, ob nur ein paar Pommes und ein Stück Kuchen oder gleich mehrere Dinge fehlen würden, denn die Strafe würde ohnehin dieselbe sein. Natürlich dauerte es nicht lange, bis ich mit meinen Diebstählen aufflog. Die Art der Bestrafung für meine Diebstähle zählte zu den gefürchtetsten in all den Jahren: die Haarwäsche. Abhängig von der Schwere meiner Straftat und abhängig von der sonstigen tagesaktuellen Aggressions- und Angriffslust meiner Pflegemutter erwartete mich heißes bis siedend heißes Wasser. Ich zitterte jedes Mal wie Espenlaub, denn ich konnte mich nie wirklich darauf einstellen, *wie heiß* und *wie lange* die Tortur dauern würde. Wie üblich kniete ich vor der Badewanne, hinter mir stehend meine Pflegemutter. An „guten Tagen" hielt sie mir lediglich die Hände am Rücken zusammen, an weniger guten waren sie zusammengebunden. Ein Handtuch vor meinem Mund, das so hart wie ein Reibeisen war und entsetzlich nach Schweiß stank, diente dazu, dass niemand hören konnte, welche Methoden in diesem Haus angewendet wurden, um dem Pflegekind Disziplin und Gehorsam beizubringen. Die Haarwäsche an diesem Tag war die schlimmste in all den Jahren. Mir war, als würde sich an diesem Tag das siedend heiße Wasser durch meinen Kopf hindurchbrennen und mein Gehirn wegschmelzen. Die darauffolgenden Nächte verbrachte ich weitgehend im Sitzen. Meinen Kopf auf das Polster zu legen oder an überhaupt irgendetwas anzulehnen, das war nicht möglich. Von der Werkzeugbank entwendete ich einen mit Terpentin und Öl getränkten Fetzen, holte meine Vorratsflasche Wasser hinter dem Schrank hervor, tränkte den Fetzen mit Wasser und legte ihn mir auf den Kopf. Sitzend, mit diesem stinkenden Lappen auf dem Kopf, döste ich dahin.

Die folgenden Nächte und Tage waren die reinste Tortur. Neben der ohnehin schon harten Bestrafung riefen mir meine Pflegeeltern zum dutzendsten Mal in Erinnerung, dass es für mich längst nicht selbstverständlich sei, eine Mahlzeit zu bekommen. Die Tage darauf saß ich, wenn meine Pflegeeltern gerade mit dem Essen beschäftigt waren, bei Tisch und hatte der Anweisung Folge zu leisten, ihnen dabei zuzusehen. Abfällig unterhielten sie sich über die Diebin, die mit ihnen am Tisch saß. Mit ihrem genüsslichen Schmatzen zeigten sie mir, was mir nun durch meinen begangenen Diebstahl entging. Mit geneigtem Kopf saß ich zwischen den beiden, nickte immer wieder reumütig und betete währenddessen in Gedanken wieder einmal zu Gott, dass sie damit aufhören und mich in Ruhe lassen mögen. Doch meine Gebete wurden, wie stets davor, auch dieses Mal nicht erhört. Während sie ihre abfälligen Bemerkungen über das undankbare Pflegekind weiterführten, hauten sie mir abwechselnd auch noch eine rein, um mir in Erinnerung zu rufen, dass mir das, was ich mir nahm, nicht zustand.

Seit der Essens- und Mineralwasseraktion waren einige Wochen vergangen. Es war an einem Nachmittag, an dem ich im Keller wieder einmal mein Dasein fristete. Ich saß auf meinem Bett und vertrieb mir die Einsamkeit mit dem Lesen in meinen Schulbüchern. Von einer Sekunde auf die nächste wurde mir ganz schrecklich unwohl. Ich bekam feuchte Hände, mein Herz begann wie wild zu schlagen, und mir war augenblicklich, als würde ich jeden Moment den Boden unter den Füßen verlieren. Ich fühlte mich nicht krank, aber es war ein Befinden, das ich nicht einordnen konnte. Anfangs verschwanden diese Symptome so rasch, wie sie aufgetreten waren. Doch mit der Zeit kamen sie in immer kürzeren Abständen, und wäre das nicht schon genug gewesen, nahmen sie auch an Intensität zu. Ich hatte nicht die geringste Ahnung, worunter ich litt – ich konnte es einfach nicht benennen. Ich konnte es solange nicht benennen, bis ich eines Tages auf dem Heimweg von der Schule von einem auf den nächsten Moment wieder dieses Gefühl hatte, keinen Bodenkontakt mehr zu haben. Ich fing an zu laufen, immer schneller und schneller, bis ich völlig außer Atem gekommen war. Schnell bemerkte ich, wie gut mir das Laufen getan hatte. Mir war, als hätte ich dadurch wieder festen Boden unter die Füße bekommen. Ich dachte daran, den Nachhauseweg zu laufen, doch als ich bewusst an „nach Hause" dachte, war auch schlagartig dieses schreckliche Befinden wieder da. Ich stand am Straßenrand und fing an zu weinen. In diesem Moment kam mir irgendwie in den

Sinn, dass diese fürchterlichen Symptome nur Angst sein konnten. Ich litt an keiner ernst zu nehmenden Krankheit, sondern ich hatte einfach „nur" Angst, das war alles. Angst, die mich längst schon im Würgegriff hatte und mir immer öfter die Luft zum Atmen nahm. Es war die Angst vor der Isolation, Angst, eines Tages vergessen zu werden, Angst vor Kälte. Angst bei starkem Regen zu ertrinken und Angst vor der Finsternis. Angst vor meinen Pflegeeltern und Angst, bereits im Kindesalter völlig überzuschnappen. Dass Angst auch eine Steigerungsform hatte, wusste ich damals noch nicht. Unmittelbar neben meinem Zimmer befand sich ein kleiner Raum, der mit einem langen dunklen Vorhang abgeteilt war. Meine Angst steigerte sich eines Tages dahingehend, dass ich dachte, dass hinter diesem Vorhang ein Sensenmann stehen und mir beim Öffnen der Tür den Kopf abschlagen würde.

Meine nächtlichen Träume, mit Herzrasen und schwindelig an einem Abgrund zu stehen, kamen in immer kürzer werdenden Abständen. Schweißgebadet erwachte ich jedes Mal, und es dauerte einige Zeit, bis ich überhaupt realisierte, wo ich war. Zunächst träumte ich nur, dass ich dort stand und in den Abgrund blickte, doch je älter ich wurde, umso öfter sprang ich auch. Ich gab es irgendwann auf, meine Pflegeeltern anzubetteln, mich bitte nicht weiterhin in den Keller zu stecken, da ich dafür nur gemeine Antworten und Gelächter erntete.

Um mich von meinen Ängsten nicht gänzlich verrückt machen zu lassen, flüchtete ich mich deshalb immer öfter in Tagträume. Dort war ich ein kleines Mädchen mit langen blonden Engelshaaren. Ich lebte in einem Schloss und hatte ein riesiges Zimmer, das mit Barbiepuppen und Teddybären ausgeschmückt war. Ich trug die schönsten Kleider und war eine richtige Diva. Selbst einen eigenen Butler hatte ich. Mit dem Butler setzte ich mich auf einen magischen Teppich und flog hinauf zu den Wolken. Ich sprang auf eine dieser wohlig warmen und weichen Wolken und ließ mich durch die Lüfte treiben. Meinen Butler schickte ich währenddessen nach Hause und bat ihn, mich in einer Stunde mit dem Teppich wieder abzuholen. Ich meinen Träumen war ich eine Heldin, denn ich wusste, dass nur ich alleine die Welt von oben sehen konnte.

Eines Abends, kurz nach dem Einschlafen, schreckte ich noch einmal aus dem Schlaf, weil ich meinte, ich hätte etwas gehört. Ich machte die kleine Nachttischlampe an und blickte im Zimmer und auf dem Boden herum, doch fündig wurde ich nicht. Das Ganze wiederholte sich unzählige Male, bis ich irgendwann mit dem Gedanken einschlief, dass das nichts anderes als Einbildung wäre. Nacht für Nacht wiederholte sich das Ganze und je länger der Tag, umso mehr fürchtete ich mich vor dem Zubettgehen. In der Schule war ich müde und unkonzentriert, einerseits wegen Schlafmangels, andererseits, weil ich permanent damit beschäftigt war, mir Gedanken über die merkwürdigen Geräusche zu machen. Diese seltsamen Geräusche in den vorangegangenen Nächten machten mir noch mehr Angst als ich ohnehin schon hatte, und deshalb beschloss ich, von nun an beim Schlafen das kleine Nachttischlämpchen anzulassen. Mein Pflegevater durchkreuzte meinen Plan. Als er abends nochmals in den Gemüsekeller ging, um Getränke zu holen, sah er durch den Türspalt Licht in meinem Zimmer. Er kam herein, herrschte mich an und hielt mir einen Vortrag, wie verschwenderisch ich sei und welche Kosten ich damit verursachen würde. Um mir eine Lektion zu erteilen, entfernte er sowohl die Glühbirne in dem kleinen Nachttischlämpchen als auch die in der Deckenleuchte. Als wäre der Keller an sich nicht schon duster genug gewesen, war es von nun an auch noch in meinem Zimmer gänzlich finster. Wenige Tage nach dem Entfernen der Glühbirnen, entwendete ich daher aus der Küche eine kleine Taschenlampe, die ich mit in mein Zimmer nahm und hinter dem Kleiderschrank versteckte. Abends holte ich sie wieder hervor, nahm sie mit unter meine Bettdecke und schlief mit dem Daumen auf dem Einschaltknopf ein. Als ich Abende später abermals nach dem Einschlafen hochschreckte, drückte ich schnell auf den Einschaltknopf und leuchtete damit auf den Boden herum. Und dieses Mal wurde ich auch fündig! Riesenerleichterung machte sich in mir breit, denn ich hatte wirklich schon befürchtet, dass ich mir die Geräusche nur einbildete. Ich hatte Gesellschaft. Ein kleiner Frosch war in meinem Zimmer und hüpfte quietschvergnügt durch die Gegend. Vor großen, ausgewachsenen Fröschen ekelte es mich, aber diesen kleinen Winzling fand ich süß. Ich stieg aus meinem Bett und versuchte ihn zu fangen, doch als ich mich ihm näherte, hüpfte er weg und verschwand im letzten Winkel hinter dem Schrank. Die halbe Nacht wartete ich, in der Hoffnung, dass er sich noch einmal blicken lassen würde. Enttäuscht schlief ich irgendwann ein.

Am Abend darauf saß ich in meinem Bett und wartete hoffnungsvoll darauf ihn wiederzusehen – und er kam. Es war nur ein winzigkleiner Frosch, aber er bewirkte, dass ich vor dem Schlafengehen keine Angst mehr hatte, da ich mir einredete, dass er mich beschützen würde. Ich erklärte meinen Mitbewohner zu meinem Freund und es tat mir gut, das Gefühl zu haben, dass jemand bei mir war. Mit der Zeit gelang es mir, ihn auf meine Hand zu bekommen und er machte keine Anstalten wegzuhüpfen. Ich hielt ihn ganz nahe vor mein Gesicht und redete mit ihm. Ich mochte ihn und bildete mir ein, dass er mich und meine Sorgen verstehen konnte und mir deshalb so geduldig zuhörte. Ließ ich ihn aus der Hand, hüpfte er meist unter mein Bett oder hinter den Schrank. Bereits nach kurzer Zeit hatte ich ihn so lieb gewonnen, dass ich Abend für Abend auf ihn wartete, ihn auf die Hand und mit in mein Bett nahm, neben mich auf das Kopfpolster setzte und ihn behutsam mit meiner Decke zudeckte. Manchmal ließ er sich von mir zudecken, manches Mal wiederum war ihm meine menschliche Fürsorge vermutlich doch zu viel geworden, denn er hüpfte aus dem Bett. In solchen Momenten war ich todtraurig. Auch wenn ich mir immer wieder versucht hatte einzureden, dass er einfach nur aus schlechter Laune heraus mein Bett verlassen hatte, befürchtete ich insgeheim, dass er es deshalb getan haben könnte, weil er meine Anwesenheit nicht ertragen konnte und mich genauso wenig mochte wie meine Pflegeeltern. An Abenden allerdings, an denen er es sich gefallen ließ, wenn ich meine Decke behutsam über ihn legte, war ich das glücklichste Mädchen auf der Welt. Ich war überglücklich, dass ich jemanden an meiner Seite hatte, dem ich meine Sorgen und Ängste anvertrauen konnte und bei dem ich einfach so sein durfte, wie ich war. In seiner Gegenwart durfte ich schimpfen, traurig, verzweifelt, wütend und schwach sein, und ich durfte weinen, ohne dass er sich von mir abwandte. Ein kleiner, winziger Frosch gab mir in solchen Momenten das Gefühl, ein wertvoller Mensch zu sein. Einen Teddybär oder Ähnliches, an das ich mich ankuscheln konnte, besaß ich nicht. Aber ich hatte einen Frosch und zwar nicht als Plüschtier, sondern einen lebenden.

Das Glück, einen „Beschützer" an meiner Seite zu haben, war mir aber nicht lange hold. Neben meinem kleinen Freund bekam ich bald auch noch andere Besucher. Solche, die ich nicht so lieb gewinnen konnte. Durch den defekten Gitterschacht gelangten Unmengen an Ungeziefer in mein Zimmer. Bald hatte ich neben weiteren Fröschen auch Spinnen, Käfer, Raupen, Mäuse und zu guter Letzt auch noch Ratten. Die Ratten fand ich nicht nur widerlich, sondern ich hatte auch noch richtige Angst vor ihnen. Überall in meinem Zimmer waren Spuren von Kot zu sehen und ab und an eine von der Ratte tot gebissene Maus. An Schlafen war nicht mehr zu denken. Meine Pflegeeltern darüber in Kenntnis zu setzen, dass ich aufgrund dieser Umstände keinen Schlaf finden konnte, führte zu nichts, außer, dass ich spöttisches Gelächter erntete und die Antwort, dass sich nun mal Ungeziefer neben Ungeziefer wohlfühle. Somit blieb mir nichts anderes übrig, als mich mit diesen unliebsamen Bewohnern zu arrangieren. Ich räumte meinen Platz für sie. Abends, vor dem Zubettgehen, beseitigte ich die Kotspuren, entsorgte diese im Kohlekeller und legte mich anschließend im Heizraum auf dem Betonboden schlafen. Im Gegensatz zu meinem Zimmer war es dort wohlig warm und frei von irgendwelchen Tieren. Mir tat es leid um meinen kleinen Freund, aber in meinem Zimmer zu bleiben, das konnte ich unter diesen Umständen nicht mehr, und ihn mit in den Heizraum nehmen wollte ich nicht, da ich dachte, dass er ohne seine Freunde einsam wäre.

Ich war nicht, wie andere Kinder meines Alters, mit den schönen Dingen des Kindseins beschäftigt, sondern ich hatte gezwungenermaßen mit ganz anderen Dingen zu tun. Mit Einsamkeit, Nässe, Kälte, Ungeziefer, Dunkelheit und Angst. Über die Jahre hinweg schlich ich wieder und wieder durch die Kellerräume, betrachtete dabei die schmalen Kellerfenster und stellte mir vor, eines Nachts über eine dieser Luken zu entfliehen. Leider waren sie aber selbst für meinen schmalen Körper viel zu klein, und so blieb es bei der bloßen Wunschvorstellung. Natürlich, ich hätte auch nach der Schule, anstatt im Wald zu sitzen, fliehen können, aber ich hatte zu große Angst, dass man mich bei Tageslicht zu schnell aufgreifen und wieder an diesen Ort zurückbringen könnte. Was mir dann geblüht hätte, wäre vermutlich schlimmer als der schlimmste Albtraum gewesen.

Taschengeld

Taschengeld, dieses Vorrecht hatten wieder einmal nur Friederike und Sybille. Mir wurde von meinem Pflegevater immer wieder welches zugesichert, in den Genuss kam ich aber letztendlich nie. Stattdessen durfte ich neiderfüllt mit ansehen, was sich Friederike und Sybille von ihrem Taschengeld gönnten. Auch in meiner Klasse bekamen alle Taschengeld, manche mehr, manche weniger, aber sie bekamen welches. Vor oder nach der Schule liefen meine Klassenkameraden oft in Gruppen zum nächstgelegenen Geschäft und kauften sich Süßigkeiten. Einige gleich eine ganze Tafel Schokolade, andere einen Lolli oder ein Eis, und andere wiederum nur ein Stollwerk-Bonbon. Vor dem Geschäft versammelte sich die Gruppe und tauschte ihre Süßigkeiten untereinander. Lange Zeit wurde ich auch ohne Geld oder Süßigkeiten geduldet, aber irgendwann verbündeten sich alle gegen mich und verbannten mich aus der Gruppe. Ab diesem Zeitpunkt stand ich dann immer abseits und beobachtete von Weitem, wie sie sich unterhielten und gegenseitig an ihren Süßigkeiten naschten. Wenn ich zu Hause einmal nach ein bisschen Kleingeld für Süßes fragte, wurde meine Bitte einfach lieblos abgewiesen. Meine Pflegeeltern badeten nicht gerade in Geld, aber von arm waren sie weit entfernt. Es fehlte also nicht an Geld, sondern an Willen. Mein Plan, zukünftig aus der Vorratskammer Süßigkeiten zu nehmen, scheiterte bereits nach dem ersten Versuch. Der Aufmerksamkeit meiner Pflegemutter war es nicht entgangen, dass ich eines Tages in einem unbeobachteten Moment eine Rippe Schokolade und zwei Bonbons genommen hatte. Als sie mir auf die Schliche gekommen war, lockte sie mich unter einem Vorwand in den Keller. Im Kohlenkeller angekommen, zwang sie mich, vor dem Holzstock zu knien. Ich begann wie Espenlaub zu zittern, als sie meine rechte Hand nahm, auf den Holzstock legte und zur Axt griff. So sehr ich auch kämpfte, aber ich konnte mich aus ihrem eisernen Griff nicht befreien. Aus Angst, dass sie mir den Arm abhacken würde, sagte ich freiwillig einige Male hintereinander: „Ich bin ein schlimmes Kind und verdiene nicht geliebt zu werden." Ihr Herz konnte ich damit aber nicht erweichen. Sie setzte die Axt unterhalb meines Ellbogens an und drückte die Klinge dabei fest in mein Fleisch. „Das ist ein kleiner Vorgeschmack. Solltest du es nochmals wagen, aus der Vorratskammer etwas zu stehlen, hacke ich dir die Hand ab."

Nichts auf der Welt wollte ich mehr, als ein einziges Mal mit den anderen zum Geschäft zu laufen, also begann ich nach Möglichkeiten zu suchen, um an ein bisschen Geld zu kommen. Ein Gedanke, der mich dabei regelrecht verfolgte, war einer, bei dem ich schon von Vornherein wusste, dass im Falle eines Scheiterns der Unterricht in der Schule einige Tage ohne mich stattfinden würde. Doch mein Verlangen war zu diesem Zeitpunkt größer als meine Vernunft, und alles, was ich zunächst dafür tun musste, war abzuwarten, dass meine Pflegeeltern es einmal verabsäumen würden, abends die Kellertüre zu verriegeln. Wochen später war das der Fall. Abends, als ich mich für die Nachtruhe schon in den Keller begeben hatte, schlich ich mich kurze Zeit später noch einmal aus meinem Zimmer. Nachdem ich mich, wie jedes einzelne Mal, wenn ich meine Zimmertür öffnete, vergewissert hatte, dass hinter dem langen dunklen Vorhang kein Sensenmann auf mich wartete, der mir den Kopf abschlagen würde, ging ich auf Zehenspitzen zur Kellertüre. Ich öffnete ganz leise die Schiebetür und schlich mich mehrere Stufen hinauf zur Garderobe. Dort hing für gewöhnlich die Jacke meines Pflegevaters. In einer der Innentaschen befand sich seine Geldbörse. Ich öffnete das Kleingeldfach und nahm, ohne großartig darauf zu achten, irgendeine Münze aus seinem Portemonnaie. Ich steckte es in die Innentasche zurück, hängte die Jacke wieder in die richtige Position, huschte die Stufen wieder hinunter und schloss die Schiebetür. In meinem Zimmer sah ich, dass ich eine Fünfschillingmünze, also knapp vierzig Cent entnommen hatte. Obwohl ich wusste, dass ich soeben etwas Verbotenes getan hatte, erfreute ich mich zugleich an dem Gedanken, nun endlich einmal der Gruppe angehören zu können. Während ich die Münze von allen Seiten betrachtete, lief ich in Gedanken bereits mit den anderen ins Geschäft. Mit der Vorstellung, in einigen Stunden inmitten der leckersten Sachen zu stehen, fiel ich bald darauf in Schlaf.

Der nächste Morgen. Ich erfüllte mir mit dem gestohlenen Geld den Traum, gemeinsam mit den anderen ins Geschäft zu laufen. Als besäße ich eine ganze Handvoll Scheine, hamsterte ich zunächst alles Mögliche zusammen. Ich konnte mich nicht entscheiden – eins lachte mich mehr an als das andere. Nach langem Zögern kaufte ich mir schließlich ein Twinni-Eis und einen Lolli – alle anderen Kostbarkeiten legte ich schweren Herzens wieder zurück. An diesem Tag gehörte ich einmal zur Gruppe und es war ein so tolles Gefühl, dass ich in diesem Moment völlig vergaß, dass ich meine Leckereien mit gestohlenem Geld bezahlt hatte. Als die ersten die Gruppe verließen, um den Heimweg anzutreten, machte auch ich mich auf den Weg. Da der Schulbus sehr unregelmäßig fuhr, ging ich die knapp vier Kilometer zu Fuß nach Hause. Während des Nachhausewegs überkam mich erneut das schlechte Gewissen, ich tröstete mich aber schnell wieder mit dem Gedanken, dass das wenige Geld, das ich stahl, meinem Pflegevater nicht auffallen würde.

Zu Hause angekommen roch ich bereits an der Eingangstür das Mittagessen – es war der Geruch von Szegediner-Gulasch. Wenn ich eins nicht ausstehen konnte, dann war es dieses Gericht. Ich wusste nur zu gut, was es hieß, keine Mahlzeit zu bekommen, aber bei diesem Essen hätte ich sogar das Hungern vorgezogen. Meine Pflegemutter stand hinter dem Herd, als ich sie mit einem „Hallo" begrüßte. Dass ich keine Antwort bekam, beunruhigte mich nicht, denn das war bis auf wenige Ausnahmen ohnehin die Regel.

Nachdem ich meine Schultasche in den Keller gebracht hatte, ging ich wieder nach oben und nahm in der Küche am Küchentisch Platz. Meine Pflegemutter wusste natürlich, dass ich dieses Essen nicht mochte. Für sie eine Genugtuung, mir an diesem Tag die erste Abreibung zu verpassen. Lieblos setzte sie mir das Essen vor die Nase. Wenn ich auch sonst kaum etwas zu essen bekam, von diesem bekam ich dafür gleich eine extragroße Portion vorgesetzt. Ihr Zeigefinger auf die Uhr gerichtet reichte für mich vollkommen aus, um auf meinem Sessel völlig verzweifelt zusammenzusinken. Damit gab sie mir ihr allzeit beliebtes Zeitlimit vor und ich wusste nur zu gut, was dies zu bedeuten hatte. Ich kann mich nicht daran erinnern, es jemals innerhalb ihrer vorgegebenen Zeit geschafft zu haben. Immerzu blickte ich auf die gegenüber hängende Uhr und je mehr der Minutenzeiger das Ende der vorgegebenen Zeit anzeigte, umso nervöser wurde ich. So sehr ich mich auch bemühte – ich schaffte es auch diesmal nicht. Mein Herz begann wie wild zu schlagen, als sie sich hinter mich stellte und mir beim Essen über die Schulter blickte. Sie hinter mir zu wissen, machte mich völlig panisch, denn aus leidvoller Erfahrung wusste ich, dass ich jede Sekunde mit einem Angriff von ihr zu rechnen hatte. Und der ließ auch dieses Mal nicht lange auf sich warten. Ich begann zu wimmern, als ich spürte, wie ihre Hand meinen Nacken umklammerte und sie mir ins Ohr flüsterte: „Iss, du Rabenvieh, sonst helfe ich dir nach!" Ich hatte das Zeitlimit überschritten und nun brachte ich vor lauter Angst erst recht keinen Bissen mehr hinunter. Mit angespannten Muskeln, bibbernd vor Angst, saß ich da, hinter mir stehend meine Pflegemutter. Ich konnte ihren Atem in meinem Nacken spüren. Ihr Körpergeruch und der Geruch der Essensreste auf ihrer Kochschürze der letzten Wochen stiegen mir in die Nase. Ich putzte das auf meinem Teller noch übrige Essen auf einen kleinen Haufen, drückte es mit der Gabel noch etwas zusammen, um ihr zu zeigen, wie viel ich davon schon gegessen hatte und dass ich für den letzten Rest nur noch ein bisschen mehr Zeit benötigen würde. Zeit, die mir meine Pflegemutter aber nicht geben wollte. Das Zeitlimit war nun mal überschritten, und nun würde ich gleich sehen, wie meine Pflegemutter zu sagen pflegte, wohin ich es mit meiner bockigen Art wieder gebracht hätte. Daraufhin verließ sie die Küche. Ein weiteres Mal sank ich auf meinem Sessel zusammen und begann Rotz und Wasser zu heulen. Ich wusste, dass sie den Raum verließ, um den Gürtel meines Pflegevaters aus der Garderobe zu holen. Als sie zurück in die Küche kam, äffte sie mein Weinen nach. Sie neigte ihren Kopf einmal nach rechts, dann wieder nach links und tat so, als würden ihr bald die Tränen kommen. Sekunden später lachte sie über mich. Als sie mit ihrer Spöttelei fertig war, band sie mir die Hände am Rücken zusammen. Daraufhin griff sie mit der Hand in mein Essen, zermatschte es zwischen ihren Fingern, bis sie eine Handvoll davon nahm und es mir gewaltsam reinzustopfen versuchte. Wie so viele Male zuvor beging ich auch an diesem Tag den Fehler, ihr auszuweichen, was zur Folge hatte, dass sie mir links und rechts eine runterhaute. „Mach dein Maul auf und iss", plärrte sie mich an. Tränen der Verzweiflung liefen über meine Wangen und tropften auf mein Oberteil. In meinen Gedanken betete ich schon wieder einmal zu Gott und hoffte, dass er mir wenigstens dieses eine Mal zur Seite stünde. Doch er schien wohl auf der Seite meiner Pflegemutter zu stehen, denn die Quälerei ging ungehindert weiter. So sehr ich mich anfangs gegen sie und ihr Vorhaben wehrte, irgendwann unterwarf ich mich ihr, denn schließlich kannte ich diese Tortur zur Genüge und wusste, dass sie nicht von mir ablassen würde, bevor sie nicht am Ziel war. Die ganze Zeit über versuchte sie, gewaltsam meinen Mund aufzuhalten. Dabei übte sie so festen Druck aus, dass ich dachte, sie würde mir jeden Moment das Kiefer brechen. Eine Handvoll nach der anderen nahm sie von meinem Teller und stopfte sie mir in den Mund. Ich schloss die Augen und kämpfte mit aller Kraft dagegen an, damit mir nicht alles wieder hoch kam. Erst als der Teller leer war, band sie mich los. Ich lief aus der Küche, hinter das Haus in Richtung Komposthaufen und erbrach das ganze Essen. Meiner Pflegemutter war das natürlich nicht entgangen, und als ich zurück ins Haus und in die Küche kam, stand bereits der nächste Berg Szegediner Gulasch am Tisch und die ganze Prozedur ging wieder von vorn los. Doch diese Bestrafung war an diesem Tag noch mein geringeres Problem, wie sich herausstellen sollte.

Nach der Lektion mit dem Essen verwies sie mich in den Keller, wo ich auf neue Anweisungen warten sollte. Ich saß in meinem kalten und modrig riechenden Zimmerloch, und während ich dort nervös an meinen Fingernägeln kaute, fragte ich mich, was sie als Nächstes für mich in petto hätte.

Es war kurz nach fünfzehn Uhr, als ich das Auto meines Pflegevaters in der Einfahrt hörte. Wenige Augenblicke später wurde ich in die Küche gerufen. Hätte ich einen Wunsch freigehabt, hätte ich mir gewünscht, dass vom Keller bis in den Wohnbereich ein Minimum an zweitausend Stufen zu bewältigen gewesen wären, nur um Zeit zu gewinnen. Mein Pflegevater saß bereits am Tisch und nahm sein Essen zu sich. Von meiner Pflegemutter bekam ich die Anweisung, auf der Sitzbank neben meinem Pflegevater Platz zu nehmen. Anders als sonst las dieser an diesem Tag während des Essens nicht die Tageszeitung. Die Stille im Raum war einschüchternd. Lediglich das Klappern des Bestecks war hin und wieder zu hören. Während ich so da saß und ihm beim Essen zusah, beschäftigte mich die Frage: „Was, wenn ihm doch aufgefallen ist, dass Geld in seinem Geldbeutel fehlte?“ Ich begann innerlich so zu frieren, dass ich mein Zähneklappern nicht mehr unter Kontrolle halten konnte. Ich zuckte zusammen, als meine Pflegemutter die Hand hob, ausholte und kurz vor meinem Gesicht stoppte. „Halt's Maul“, plärrte sie mich an.

Ich beobachtete meinen Pflegevater, wie er den letzten Rest seines Essens fein säuberlich mit Hilfe des Messers auf die Gabel schob. Danach legte er Messer und Gabel auf den Teller, wischte sich den Mund mit einer Serviette ab und wandte den Blick in meine Richtung. Ich konnte seine angespannten Gesichtszüge erkennen. „Hast du mir etwas zu sagen?“, fragte er. Ich antwortete auf seine Frage mit einem spontanen „Nein“. Auf meine Antwort hin meinte er, ob ich wisse, was mit Katharina geschehen sei. Die Frage zu diesem Zeitpunkt ergab für mich zunächst keinen Sinn. Ich nickte verneinend mit dem Kopf. Ob ich vergessen hätte, dass Katharina eine Diebin gewesen war, fragte er mich schließlich. Jetzt erst dämmerte mir, was er mir damit sagen wollte. Durch meine Angststarre, in die ich mittlerweile verfallen war, konnte ich auch keinen klaren Gedanken mehr fassen, und hatte die „Katharina-Litanei“ völlig verdrängt. In den darauffolgenden Minuten hielt er mir einen Vortrag, den ich mittlerweile schon auswendig kannte. Katharina war eine Diebin und deshalb habe sie in diesem Haus nichts mehr verloren gehabt. Nun müsse sie in einem Heim leben und würde zu einem Taugenichts heranwachsen. Bei der kleinsten Ungehorsamkeit würde man sie dort umgehend vor die Tür setzen. Sie wäre folglich obdachlos, würde erfrieren, verhungern, verdursten. Niemand nähme sich ihrer mehr an. Gerne hätten sie Katharina bei sich behalten, wäre sie nicht so undankbar gewesen und hätte sie sie nicht bestohlen, wie er meinte. Sein Plan, mir vor

Augen zu führen, dass ich allein durch ihre Fürsorge eine Chance im Leben hätte, ging, wie jedes einzelne Mal davor, auch dieses Mal voll auf. Er wollte mir damit nichts anderes sagen, als dass ich gefälligst dankbar zu sein hatte, dass sie mir ein Dach über dem Kopf böten, während Katharina früher oder später als Heimatlose enden würde. Reumütig nickte ich. Ich gab ihm in allem Recht.

Während seines Vortrags schielte ich mehrere Male in Richtung meiner Pflegemutter. Sie hatte sich in der Zwischenzeit eine Illustrierte genommen, blätterte darin und tat so, als würde sie von alldem nichts mitbekommen.

So wie mich mein Pflegevater die ganze Zeit über ansah, wusste ich, dass er ein Geständnis von mir erwartete. Ich gestand jedoch nicht, was zur Folge hatte, dass er noch wütender wurde. Mit einem furchteinflößenden Blick stellte er mir schließlich die Frage, ob ich aus seinem Portemonnaie Geld entwendet hätte. Was sollte ich sagen? Sollte ich besser die Wahrheit sagen oder lügen? Mit welcher Aussage würde ich glimpflicher davonkommen? Im Grunde genommen servierte er mir doch schon auf dem Tablett, dass er bemerkt hatte, dass Geld in seinem Portemonnaie fehlte. Trotz alledem trug ich doch noch den Funken Hoffnung in mir, dass er mich vielleicht nur aus der Reserve locken wollte, da er sich selbst nicht sicher war, ob mehr Geld in seinem Geldbeutel gewesen war. Ich entschied mich abermals für ein „Nein“ und spürte aber auch zugleich, dass es damit nicht getan war. Er stellte mir ein letztes Mal dieselbe Frage, und diesmal gab ich mit kleinlauter Stimme und geneigtem Kopf ein „Ja“ als Antwort. Kaum hatte ich gestanden, spannte ich alle Muskeln an und wappnete mich gegen das, was nun folgen würde. Mein Pflegevater erhob sich von seinem Platz, ging um den Tisch herum, kam auf mich zu und zog mich an den Haaren von der Sitzbank. Zur selben Zeit erhob sich meine Pflegemutter und schloss, wie immer in solchen Momenten, alle Fenster und Türen. Fenster, damit Nachbarn nicht etwas zu hören bekamen, womit sie meine Pflegeeltern irgendwann hätten belasten können, und Türen, damit ich nicht davonlaufen konnte. Die beiden waren ein perfekt eingespieltes Team. Ich stand in der Mitte der Küche, an meiner linken Seite mein Pflegevater, der mich noch immer fest im Griff hatte. Nachdem meine Pflegemutter alles getan hatte, um keinen Ton nach außen dringen zu lassen, kam sie auf mich zu und packte mich am Schopf. Ich spannte all meine Muskeln an, schloss meine Augen und biss die Zähne zusammen. Wie von meinem Pflegevater beabsichtigt, traf mich sein erster Schlag mitten ins Gesicht. Beinahe schrie ich laut auf, aber ich riss mich zusammen. In den darauffolgenden Minuten entlud sich seine Wut über meine Straftat wie ein Blitzlichtgewitter. Für gewöhnlich wurden mir bei solchen „Disziplinierungsmaßnahmen“ vorab die Hände am Rücken zusammengebunden, damit ich sie nicht schützend vor mein Gesicht halten konnte. Das war an diesem Tag nicht der Fall und so versuchte immer wieder, meine Hände vor das Gesicht zu halten, um mich vor seinen Faustschlägen zu schützen. Meine Pflegemutter schlug sie mir aber andauernd weg und so traf mich ein Schlag nach dem anderen mitten ins Gesicht. Mehrmals leckte ich über meine bereits aufgesprungene Oberlippe. Der eisenhaltige Geschmack im Mund war ekelig. Ich flehte sie an aufzuhören. Ich beteuerte mein Fehlverhalten und versprach, niemals mehr einen Diebstahl zu begehen. Und in der Hoffnung, sie noch milder stimmen zu können, sagte ich ihnen das, was sie so gerne hörten. Ich sagte ihnen, dass ich wisse, welch gutmütige Menschen sie wären, da sie sich bereit erklärt hatten, mir ein neues Zuhause zu geben. Abwechselnd sah ich beiden ins Gesicht, bedankte mich für ihre Aufopferung in all den Jahren und versprach, in Zukunft mehr Dankbarkeit zu zeigen. „Halt dein Maul", bekam ich als Antwort und mit einem Kopfnicken deutete mein Pflegevater an, dass meine Pflegemutter Cayas Leine aus der Garderobe holen sollte. Mein Versuch, Schlimmeres abwenden zu können, war gescheitert. Das Gefühl von Angst und Hilflosigkeit stieg in mir bis auf ein unerträgliches Maß. Statt Mitleid sah ich in den Augen meiner Pflegeeltern nur Verachtung und Ablehnung.

Als meine Pflegemutter mit Cayas Leine zurück in die Küche kam, forderte sie mich auf, mich vollständig zu entkleiden. Obwohl ich aus zahlreichen Erfahrungen wusste, dass ich die Strafe mit einer Verweigerung noch schlimmer machte, folgte ich dieser Anweisung auch an diesem Tag nicht. Fuchsteufelswild rissen mir beide die Kleider herunter. Nicht einmal das kleine Stück Stoff meiner Unterhose blieb mir. Vollkommen nackt stand ich vor ihnen und weinte. Und ich zitterte wie Espenlaub. Erneut packte mich meine Pflegemutter am Schopf. Sekunden später brannte es auf meinem Oberkörper wie Feuer. Es war Cayas Leine, die mich mein Pflegevater spüren ließ. In Abständen von wenigen Augenblicken folgten weitere Schläge. Abwechselnd schimpften sie auf mich ein, nannten mich ein Rabenvieh, schrien mich an, dass sie mir das Stehlen schon noch abgewöhnen würden und fragten mich andauernd, ob das der Dank dafür sei, dass sie mich bei sich aufgenommen hatten. Irgendwann ging ich zu Boden. Meine Haut brannte an etlichen Stellen. Ohne einen Blick darauf werfen zu müssen, wusste ich, dass mir Cayas Leine wieder offene Wunden bereitet hatte. Halb am Boden liegend kroch ich zur Tür, doch mein Pflegevater holte mich ein, packte mich mit festem Griff und zog mich zurück in die Raummitte. Ob ich nicht etwas vergessen hätte, fuhr er mich an. Reumütig sah ich zu ihm hoch und entschuldigte mich sofort für meine Vergesslichkeit. Ich hatte vergessen, zehnmal laut „Ich bin ein schlimmes Kind und verdiene nicht geliebt zu werden!“ zu sagen. Die Bestrafungsaktion war danach beendet. Meine Pflegemutter „begleitete“ mich an den Haaren nach unten in den Keller, warf mich in mein Zimmer wie einen schmutzigen Lappen und meinte dabei noch, dass mir die Strafe für das „Fladern“[1] eine

---

[1]Stehlen.

Lehre gewesen sein sollte und dass ich nun genügend Zeit hätte, darüber nachzudenken. Daraufhin verließ sie das Zimmer und schloss beim Verlassen des Kellers die Schiebetüre. Kurze Zeit darauf kam sie noch einmal zurück. Sie öffnete die Zimmertür und warf mir kommentarlos ein paar alte Lappen und eine Betaisodona-Salbe vor die Füße. Die Lappen bekam ich, um meine blutenden Wunden abzuwischen, und die Salbe, um sie hinterher einzuschmieren, damit sie schneller heilen konnten. Oftmals war mein Körper so übersät mit Wunden, dass ich mit einer einzigen Anwendung den Inhalt der Tube vollständig entleerte. Was wiederum fatale Auswirkungen hatte. Denn leerte ich die Tube, bekam ich wieder eine Abreibung verpasst, da ich nach Ansicht meiner Pflegemutter zu verschwenderisch gewesen war. Außerdem machte sie mir eines Tages zum Vorwurf, dass ich keine Ahnung hätte, wie viele Kosten ich mit meinem verschwenderischen Handeln verursachte, und drohte mir deshalb an, nicht mehr für mich in die Apotheke zu laufen. Meine Reaktion auf ihre Androhung war ein einfaches Schulterzucken, womit ich ihr signalisierte, dass es mir egal war. Auf mein Schulterzucken hin zog sie mich an den Haaren und schlug meinen Kopf mehrmals gegen die Wand, um mir klarzumachen, dass ich mich nicht trotzig zu verhalten hatte.

Da lag ich wieder – auf meinem kalten Zimmerboden und weinte mir die Augen aus. In die Schule durfte ich nach solchen Übergriffen natürlich nicht, zumindest so lange nicht, bis mein Gesicht frei von

Verletzungen war. Konnte ich nach dem Abheilen meiner Gesichtsverletzungen wieder die Schule besuchen, bekam ich, sofern meine Verletzungen am Rest des Körpers noch nicht vollständig abgeheilt waren, eine Entschuldigung für den Turnunterricht. Als Begründung gab meine Pflegemutter wie fast jedes Mal an, dass ich wieder einmal tollpatschig gewesen sei und mich beim Spielen verletzt habe. Ich wagte es nie wieder, meinem Pflegevater Geld zu entwenden. Aber, um nicht wieder aus der Gruppe verbannt zu werden, heckte ich bald schon einen neuen Plan aus.

Ich spielte mit dem Gedanken, Essen und Süßigkeiten im Geschäft zu stehlen. Im Geiste plante ich in den darauffolgenden Wochen jedes noch so kleine Detail. Eines Morgens, kurz vor Schulbeginn, packte ich all meinen Mut zusammen und rannte in das Geschäft. Vor Angst schlug mein Herz bis zum Hals. Ich stand mitten in den Regalen und betrachtete all die leckeren Sachen. Doch je länger ich dort stand, umso mehr verließ mich der Mut, meinen Plan in die Tat umzusetzen. Ich versuchte mir in Erinnerung zu rufen, dass ich ein Teil der Gruppe sein und außerdem mit dem Diebstahl meinen Hunger stillen wollte. Allmählich lief mir die Zeit davon. Bald würde die Schulglocke den Unterrichtsbeginn einläuten. Schließlich schnappte ich mir eine Packung Manner-Schnitten und steckte diese schnell in den Bund meiner Hose. Mit meiner Beute verließ ich so unauffällig wie möglich das Geschäft. Ich lief über die Straße, hinüber zur

Schule und auf die Toilette. Meinen Plan, mit anderen zu teilen, um nicht aus der Gruppe ausgeschlossen zu sein, warf ich kurzerhand über Bord. Hastig riss ich die Packung auf und verschlang gierig eine Schnitte nach der anderen. In den darauffolgenden Tagen und Wochen wiederholte ich das Ganze. So lange, bis ich eines Tages den Blicken der Geschäftsinhaberin ausgesetzt war. Seit ich den Laden betreten hatte, hatte sie mich auf Schritt und Tritt beobachtet. Ich weiß nicht, ob sie in mir die Ladendiebin sah, die ich ja schließlich war. Ich verließ jedenfalls an diesem Tag das Geschäft, ohne etwas zu stehlen, und betrat es für den Rest meiner Volksschulzeit nie wieder.

Ein unvergessener Tag

Ich war bereits zwölf Jahre alt und es passierte immer wieder, dass mein Bett morgens nach dem Aufwachen nass war. Es hatte nichts damit zu tun, dass ich nachts zu faul war aufzustehen und auf die Toilette zu gehen. Nein, das war es nicht, ich bemerkte schlicht und einfach nicht, wenn sich meine Blase während des Schlafs entleerte. Meine Pflegemutter war jedoch anderer Meinung und so bekam ich jeden Morgen, wenn das Bett nass war, eine Abreibung verpasst. Eines Tages meinte sie, selbst Schläge würden mich nicht dazu bringen, damit aufzuhören und fand eine andere, effizientere Art, mir das Bettnässen abzugewöhnen. Sie nannten mich von nun an „Bettbrunzerin". „Wenn's sonst nichts ist", dachte ich mir, kann ich damit leben. Nach alldem, was ich in dieser Familie schon hinter mir hatte, berührte mich diese Art von Bestrafung relativ wenig. Natürlich war es nicht gerade aufbauend und förderlich für mein Selbstwertgefühl, dass sie mich von nun an so nannten, aber immerhin war es noch besser als körperliche Folter oder zu hungern. Außerdem war ich davon überzeugt, dass die neue Namensgebung nicht von Dauer wäre. Wie in so vielen Dingen vorher irrte ich aber auch dahingehend, indem ich dachte, dass das schon meine ganze Bestrafung gewesen sei. Das Monster hatte etwas anderes für mich vorgesehen. Dass das, was sie vorhatte, der schrecklichste Tag meines Lebens werden würde, an den ich mich bis an mein Lebensende erinnern sollte, dafür würde sie noch sorgen.

Einige Wochen später. Ein Wochentag, der einem Albtraum glich. Als ich am Morgen in die Schule kam und mir im Gang vor meiner Klasse die Straßenschuhe auszog, sah ich, wie viele meiner Mitschüler sich in der Klasse zu einer Gruppe sammelten. Zugleich fiel mir auf, dass sie, als sie mich sahen, hinter vorgehaltener Hand tuschelten und einige von ihnen ein fieses Lächeln aufgesetzt hatten. Es verunsicherte mich, denn selbst eine meiner Freundinnen stand dabei. Offensichtlich konnten sie es kaum erwarten, bis ich die Klasse betrat. Ich ließ mir mit dem Anziehen meiner Hauspantoffeln Zeit, weil ich mich fragte, was es über mich, außer meiner schmuddeligen Kleidung und meinen ausgelatschten Schuhen, zu lästern gäbe. Die Blicke meiner Klassenkameraden richteten sich auf mich, als ich kurze Zeit darauf das Klassenzimmer betrat. Unbewusst fiel mein Blick auf die rechte Seite der Tafel, und was ich da las, sollte mein Selbstvertrauen und Selbstbewusstsein auf brutalste Art beeinträchtigen. Auf der Tafel stand: „Guten Morgen, Bettnässerin!" Meine Mitschüler begannen hämisch zu lachen und flüsterten sich gegenseitig Dinge ins Ohr. Ich riss mich, so gut es ging, zusammen und tat zunächst so, als hätte ich das Geschriebene auf der Tafel nicht gesehen und ging einfach weiter. Auf dem Weg zu meinem Platz sah ich schon von Weitem einen Zettel auf meiner Bank liegen. Auf ein weißes

DIN-A4-Blatt, mit Klebestreifen auf meinem Tisch befestigt, hatte jemand geschrieben: „Guten Morgen, Muffel, haben wir heute Nacht wieder ins Bett gepisst?“ Ich schämte mich unsäglich und wollte im Erdboden versinken. Ich riss den Zettel vom Tisch, warf meine Schultasche auf den Boden und lief mit dem Zettel in der Hand aus dem Klassenzimmer. Ich lief den Gang entlang in Richtung Toilette und sperrte mich dort ein. Ich weinte wie ein Baby. Ich fühlte mich so gedemütigt. Ich hasste meine Pflegemutter und wünschte mir in diesem Moment, dass nicht nur ich, sondern auch sie tot sei. Ich wusste nicht, wie sie es angestellt hatte, aber ich konnte es mir nur damit erklären, dass sie es einer meiner Klassenkameradinnen erzählt haben musste und diese die Nachricht unter den Mitschülern verbreitet hatte. Eingesperrt in der Toilette, angezogen auf der Kloschüssel sitzend, weinte und schluchzte ich wie kaum zuvor in meinem Leben. Das Läuten der Glocke, das den Unterrichtsbeginn ankündigte, ignorierte ich. Mit meinen verheulten Augen wollte ich die Klasse nicht betreten. Nie wieder würde ich sie noch einmal betreten, dachte ich.

Wie viel Zeit genau verstrichen war, bis meine Klassenlehrerin auf die Toilette kam und meinen Namen rief, konnte ich nicht sagen. Sie klopfte an die Toilettentür und forderte mich in einem freundlichen, aber bestimmten Ton auf, rauszukommen und am Unterricht teilzunehmen. Doch ich weigerte mich rauszukommen, die Klasse zu betreten und mich dem Gelächter und Gespött meiner Mitschüler auszuliefern. Sie sollte einfach verschwinden und mich in Ruhe lassen, dachte ich mir. Sie hingegen blieb hartnäckig, redete weiterhin auf mich ein und ermutigte mich, endlich rauszukommen und mich dem Problem zu stellen. So gab ich früher oder später auf und folgte ihr mit verheulten Augen in die Klasse. Mit geneigtem Kopf ging ich an meinen Platz und auf dem Weg dorthin konnte ich förmlich die gehässigen Blicke meiner Mitschüler im Nacken spüren. Ich saß da, in mich gekehrt, niedergeschlagen, hasserfüllt, völlig am Boden zerstört. Vom Unterricht bekam ich in dieser Stunde so gut wie nichts mit. Doch an diesem Tag sollte ich mich noch ein weiteres Mal in Grund und Boden schämen. Unmittelbar nach dem Schellen der Pausenglocke bat mich meine Klassenlehrerin, sie in das Konferenzzimmer zu begleiten. Ich war zunächst erleichtert, weil ich so dem Gespött meiner Mitschüler aus dem Weg gehen konnte. Im Konferenzzimmer bat sie mich, auf dem Stuhl gegenüber Platz zu nehmen. Sie begann das Gespräch damit, dass sie das Geschriebene auf der Tafel gesehen habe, und meinte, dass sie gerne noch etwas näher darauf eingehen mochte. „Auch das noch", dachte ich, und mir war, als würde sich an diesem Tag alle Welt gegen mich verschwören. „Hast du Probleme, deine Blase zu kontrollieren?", fragte sie. „Nei ... nein, das habe ich nicht", stammelte ich und spürte, wie mir die Schamesröte ins Gesicht stieg. „Ich habe schon öfter bemerkt, dass du etwas seltsam riechst", kam von ihr als Nachsatz. „Das kann nicht sein, ich wasche mich jeden Tag", gab ich ihr als Antwort und hoffte, dass das Gespräch damit beendet sei. Sie hatte zweifellos recht, ich roch es schließlich selbst oft genug. Oftmals stank mein Urin wirklich auffallend stark, nur konnte ich mir nie erklären, was die Ursache dafür war. Des Weiteren hatte ich das Problem, dass sich meine Blase anscheinend auf der Toilette nicht restlos entleerte, was jedes Mal zur Folge hatte, dass mein Slip danach nass war. Da ich meine Unterwäsche von Montag bis Sonntag tragen musste, begann sie somit recht schnell unangenehm zu riechen. Ich konnte es mir nie erklären, denn ich blieb stets lange genug auf der Toilette sitzen. Das war ein Problem, das mich, je älter ich wurde, immer stärker belastete. Mit jedem Mal, wenn ich es zu Hause ansprach, bekam ich von meiner Pflegemutter als Antwort, dass das nur Ausreden seien, weil ich zu faul sei, rechtzeitig auf die Toilette zu gehen. Wollte ich nicht permanent mit nassem Slip umherlaufen, war ich also gezwungen, so wenig wie möglich zu trinken, damit ich nicht zu oft auf die Toilette musste. Prügel und Erniedrigungen aller Art standen auf der Tagesordnung, wenn in meinem Slip Spuren von Urin waren. Irgendwann begann ich also damit, tagtäglich meinen Slip in der vorletzten Schulpause am Toilettenwaschbecken zu waschen, ihn, so gut es ging, auszuwringen und ihn dann wieder nass anzuziehen, damit er, bis ich zu Hause war, wieder trocken war. Anders als meine Mitschüler, die sich in der Pause im Gang aufhielten, blieb ich als Einzige wie festgeklebt auf meinem Sessel sitzen. Ich konnte nicht aufstehen, denn meine Überbekleidung sog schließlich die Nässe meiner gewaschenen Unterhose auf. Alle hätten dies gesehen und ich wäre gnadenlosem Gespött ausgesetzt gewesen. Außerdem gab es zu Hause die tägliche „Unterhosenkontrolle“, was so viel hieß, dass ich mich unmittelbar nach dem Nachhausekommen entkleiden und meiner Pflegemutter meine Unterhose vorzeigen musste. Selbst bei noch so kleinen Urinspuren zwang sie mich, mir die Unterhose über den Kopf zu stülpen. Ich musste mir diese so aufsetzen, dass der vom Urin benetzte Stoffsteg über meiner Nase war, und damit musste ich dann meist eine Stunde lang sitzen und daran riechen. Andauernd wurde ich von ihr aufgefordert, tief durch die Nase einzuatmen, um mir durch den intensiven Geruch klar zu werden, was für ein Schwein ich war.

Alles Weitere, was meine Klassenlehrerin zu mir sagte, kam nicht mehr bei mir an. Meine Gedanken drifteten völlig ab. Das, was an diesem Tag geschah, war schlicht und ergreifend zu viel für mich. Schließlich bat sie mich, mein Mitteilungsheft aus der Klasse zu holen, um meiner Pflegemutter eine Nachricht zu übermitteln. Sie schrieb in das Heft, dass sie es für notwendig hielte, mit mir einen Arzt aufzusuchen und bat diesbezüglich um Rückmeldung. Mit der Bemerkung, dass ich ihr am nächsten Tag eine Unterschrift vorlegen müsse, entließ sie mich aus dem Konferenzzimmer. Als ich zurück in die Klasse kam, war meine Sitznachbarin gerade dabei, sich einen anderen Sitznachbarn zu suchen. Ab sofort saß ich nicht nur allein, sondern hatte auch so gut wie keine Freunde mehr.

Nach der Schule nahm ich nicht den ersten Bus nach Hause, sondern ging zunächst völlig niedergeschlagen und ziellos durch die Gegend. Eine Weile später ließ ich mich auf einer Wiese hinter einem großen Baum nahe der Schule nieder. Während ich dort Gänseblümchen zupfte und sie zu einem Zopf flocht, beschäftigte ich mich mit meinen gerade mal zwölf Jahren das erste Mal damit, meinem Leben endgültig ein Ende zu setzen. Was besaß ich, was mein Leben lebenswert machte? Nichts! Ich hatte niemanden, der mir zuhörte, wenn ich Probleme hatte, ich hatte niemanden, an dessen Schulter ich mich ausweinen konnte, keinen Menschen, der mich einmal liebevoll in den Arm nahm. Ich hatte niemanden, der mir Liebe entgegenbrachte, und ich hatte nicht einen einzigen Menschen in meinem Leben, der mir zeigte, dass ich auf dieser Welt willkommen war. Stattdessen hatte ich Pflegeeltern, die mich tagein tagaus spüren ließen, wie wenig ich als Mensch in ihren Augen wert war.

Ich war so mit meinen Gedanken beschäftigt, dass ich die Zeit völlig übersah und mich beeilen musste, um noch den letzten Bus nach Hause zu erreichen. Dass mir zu Hause wieder eine Abreibung bevorstand, war mir klar, denn schließlich kam ich um Stunden später als ich eigentlich sollte. Mir blieb sie auch dann nicht erspart, wenn wir Schüler nach Unterrichtsende verspätet aus der Klasse entlassen wurden, der Schulbus nicht wartete und ich den späteren Bus nehmen musste. Meine Pflegemutter ließ diese Entschuldigung nie gelten, da sie sich von ihrer

Meinung, dass ich mich nach Schulende herumtriebe, nicht abbringen ließ.

Was hätte ich nur dafür gegeben, wenn der Bus auf dem Nachhauseweg verunglückt wäre. Es hätte mir zwar Leid um die Familie des Busfahrers getan, aber für mich hätten sich all meine Sorgen auf einen Schlag erledigt. Zu meinem Leidwesen chauffierte uns der Fahrer aber auch an diesem Tag sicher nach Hause und so stieg ich etwa zwanzig Minuten später aus dem Bus. Ich blieb noch eine ganze Weile an der Bushaltestelle stehen und sah den Bauarbeitern zu, wie sie die Schlaglöcher der Zufahrtsstraße mit Asphalt aufschütteten und planierten. Mir graute so sehr davor, nach Hause zu gehen. Wie lange ich dort stand, weiß ich nicht. Irgendwann machte ich mich auf den Weg. Langsamen Schrittes ging ich die Straße entlang und wünschte mir, die Straße würde mich in ein wohligwarmes und liebevolles Zuhause führen und nicht an den Ort des Grauens. Hätte man von mir verlangt, ich müsste mit meinen ausgelatschten Schuhen bis ans Ende der Welt gehen, ich hätte es ohne eine Sekunde des Zögerns getan. Ich hätte *alles* getan, nur um nie wieder zu meinen Pflegeeltern zu müssen. Wehmütig blickte ich auf die Grundstücke der angrenzenden Nachbarschaft und stellte mir, wie so oft, wenn ich daran vorbeiging, vor, wie schön es wäre, hier wohnen und ausgelassen spielen zu dürfen. Ganz warm wurde mir dabei ums Herz. Ich befand mich schnell wieder in der Realität, als ich wenige Augenblicke später unser Gartentor öffnete und meine Pflegemutter mit

Cayas Leine hinter den Thujen hervorsprang. Zur Begrüßung zog sie mir eine über und schimpfte mich ein Rabenvieh. Einen kurzen Moment sah ich sie an und blickte dabei in ihre eiskalten Augen. Ohne ein Wort der Begrüßung oder einer Entschuldigung für mein Zuspätkommen ging ich einfach weiter. Sie folgte mir. Mir einen Schlag nach dem anderen versetzend, folgte sie mir ins Haus. „Ja, drisch wieder auf mich ein“, dachte ich mir. Es machte sie fuchsteufelswild, dass ich auf ihre Schläge kaum reagierte. Sie sah es wieder einmal als Provokation und holte immer weiter aus und schlug immer fester zu. Doch die mir seelisch zugefügten Wunden waren an diesem Tag so massiv, dass ich Cayas Leine auf meinem Körper kaum wahrnahm. Widerstandslos ließ ich die Schläge über mich ergehen, und als sie „ihre Arbeit“ verrichtet hatte, ging ich in den Keller. Ich war emotional so tief abgestürzt, dass *ich* an diesem Tag die Schiebetür hinter mir schloss und mich *freiwillig* selbst ausgrenzte. Ich wollte nur noch meine Ruhe haben. Ich wollte diese ganze gewissenlose, bösartige und scheinheilige Sippschaft nie wieder sehen. Ich zog meine Hose nach unten, warf noch einen kurzen Blick auf meine Striemen und legte mich anschließend auf mein Klappbett. Eingeigelt und mit der Decke über den Kopf gezogen weinte ich mich in den Schlaf.

Am Tag darauf hatte sich diese Geschichte in der Schule bereits wie ein Lauffeuer verbreitet. Ich war gnadenlosem Spott und Hohn ausgesetzt. Nicht nur, dass die Mitschüler aus meiner Klasse dies taten, nein, die anderen aus den Nachbarklassen verspotteten mich ebenfalls nach Lust und Laune. Einige schnüffelten beim Vorbeigehen an mir und posaunten lauthals hinaus: „Igitt, die stinkt nach Pisse." Schallendes Gelächter im Gang war die Folge. Selbst meine Freundinnen hatten sich von mir distanziert. Sie lächelten mir zwar zu und die eine oder andere grüßte mich morgens auch, aber am Gespött beteiligten sie sich letztendlich genauso.

Jahr für Jahr fürchtete ich mich vor den anstehenden Sommerferien. Ich war meinen Pflegeeltern in dieser Zeit vierundzwanzig Stunden ausgeliefert und hatte keine Möglichkeit, ihnen zumindest einmal für ein paar Stunden zu entkommen. Diesmal „freute" ich mich darauf. Ich würde dem Gespött meiner Mitschüler entkommen und hoffte, dass sich in den Ferien das Ganze etwas beruhigen würde. Hinzu kam noch, dass eine Aufstufung in eine andere Klasse oder ein Schulwechsel in eine höherbildende Schule seitens der Schule angedacht war. Meine Leistungen in der Schule waren, zumindest bis zum Zeitpunkt meiner völligen Resignation, nicht gerade schlecht. Ich lernte viel und intensiv, vor allem aus dem Grund, dass ich um jeden Preis allen beweisen wollte, dass ich nicht dieses dumme Ding war, als das ich von meinen Pflegeeltern allzeit betitelt wurde. Meine Pflegemutter wehrte sich, wie schon in der Volksschule, vehement gegen eine Aufstufung, weil sie beharrlich die Ansicht vertrat, dass ich für eine höhere Klasse oder Schule viel zu dumm wäre. Sie wolle sich nicht unnötig solch einem Stress aussetzen, meinte sie stets.

Das Schuljahr war zu Ende, was aber nicht hieß, dass die Gemeinheiten meiner Pflegeeltern ein Ende hatten. Meine Pflegeeltern hatten eine zehntägige Busreise ans Meer gebucht. Einerseits fürchtete ich mich davor, mit ihnen auf Urlaub zu fahren, denn das bedeutete, dass ich mit ihnen im selben Zimmer untergebracht sein würde und mit ihnen vierundzwanzig Stunden verbringen müsste. Zudem machte ich mir ernsthafte Gedanken darüber, dass mich, allen voran meine Pflegemutter, vor anderen Urlaubsgästen bloßstellen könnte. Andererseits freute ich mich darauf, denn das hieß, zehn Tage Auszeit von körperlichen Übergriffen. Außerdem bekam ich anhand der vorab geführten Gespräche zwischen meinen Pflegeeltern mit, dass das Zimmer mit einer Dusche ausgestattet sein würde. Wie groß meine Freude darüber war, mich das erste Mal in meinem Leben duschen und meine verhasste rote Waschschüssel für diese Tage in die Ecke stellen zu dürfen, kann ich nicht in Worte fassen.

Unsere Unterkunft am Urlaubsort ähnelte einem Appartement. Ein wunderschönes, riesiges Zimmer im ersten Stock eines Ferienhauses inklusive eines großen weiß-rosa gefliesten Badezimmers. Ein Balkon mit atemberaubendem Ausblick und Blick aufs Meer – zum Strand waren es nur wenige Meter. Die Hälfte des Urlaubs war ohne besondere Vorkommnisse verstrichen und ich erfreute mich Tag für Tag am Gefühl duschen zu können. Ich genoss es, wenn das Wasser wie ein lauwarmer Regen über meine Haut lief. Ich war fasziniert davon, Wasserperlen auf meiner Haut zu zählen und kostete dabei jede einzelne Sekunde dieser schönen Momente voll aus. Doch eines Morgens nach dem Erwachen musste ich wieder einmal entsetzt feststellen, dass mein Bett nass war. Obwohl das Zimmermädchen täglich kam, um das Zimmer in Ordnung zu bringen, ließ es sich meine Pflegemutter nicht nehmen, die Betten schon vorab selbst zu machen. Dass sie vor nichts zurückschreckte, diese Erfahrung hatte ich bereits mehrfach gemacht, und so ging ich davon aus, dass sie auch nicht davor zurückschrecken würde, mir hier vor allen Urlaubsgästen einen Denkzettel zu verpassen. Ich lag noch im Bett und zermarterte mir den Kopf, wie ich mein Missgeschick am besten vertuschen könnte. Ich war den Tränen nahe. Um mein Malheur zu verheimlichen, bot sich mir nur eine einzige Möglichkeit. Aufstehen, mein Nachthemd ausziehen, mich ankleiden, das Bett machen und mein Nachthemd unterm Polster verstecken. All das in Rekordtempo. Wie jeden Morgen, wenn mein Pflegevater mit den Badetüchern an den Strand ging, um dort Plätze zu reservieren, begab sich meine Pflegemutter derweil ins Bad, um sich zurechtzumachen. Ich musste die Zeit also nutzen, in der er am Strand und sie im Badezimmer war. Ich wartete demnach auf diesen Moment, und kaum war die Badezimmertür hinter ihr ins Schloss gefallen, sprang ich aus dem Bett. Vor lauter Eile hätte ich mich mit den Füßen beinahe in der Bettdecke verheddert und wäre aus dem Bett gestolpert. Just in dem Moment, als ich mein Nachthemd ausziehen wollte, kam meine Pflegemutter noch mal aus dem Badezimmer. Ich war wie versteinert. Als sie mich dann auch noch so bissig anschaute, begann mein Herz wieder einmal wie wild zu schlagen. Ihr Blick wanderte von meinem Gesicht abwärts zu jener Stelle meines Nachthemdes, an der der nasse Fleck zu sehen war. Sie kam wortlos auf mich zu, rempelte mich zur Seite, riss die Decke meines Betts herunter und sah den riesigen Fleck auf meinem Bettlaken. „Dir war wohl das Gespött deiner Mitschüler keine Lehre, was?“, keifte sie mich an. Sie ging zurück ins Bad, zog sich ihren Bademantel über, kam wieder zurück an mein Bett, riss das Bettlaken herunter, nahm mich an den Haaren und zog mich hinter sich her aus dem Zimmer in Richtung Erdgeschoss. Beim Stiegenabgang ließ sie mich los. Sie schnauzte mich an, ihr zu folgen. Ich hatte dieses nasse Nachthemd an und schämte mich in Grund und Boden, gemeinsam mit ihr und dem Bettlaken in ihrer Hand an die Rezeption gehen zu müssen. Dort angekommen, breitete sie das Laken vor der Rezeptionistin aus und zeigte mit dem Finger auf mich. Ich war heilfroh, dass sich zu diesem Zeitpunkt niemand anderes dort befand. Meine Pflegemutter entschuldigte sich für meine „Unartigkeit“, worauf die Rezeptionistin in gebrochenem Deutsch mit „kein Problem“ antwortete.

Zurück im Zimmer hängte meine Pflegemutter das Bettlaken über den Balkon. Direkt unter unserem Balkon befand sich eine große Frühstücksterrasse, die nicht nur den Urlaubsgästen in unserem Ferienhaus zur Verfügung stand, sondern auch Gästen aus den angrenzenden Ferienhäusern. Jeder Gast, der zum Frühstück kam, sah das über den Balkon hängende Laken. Das hätte mich soweit nicht gestört, denn schließlich wusste ja niemand, dass dieses Laken meines war. *Nach dem* Frühstück wussten allerdings alle anwesenden Gäste, wessen Laken es war, denn für meine Pflegemutter gab es nur dieses eine Thema. Mit meinem Pflegevater sprach sie die ganze Zeit über das Schwein, das gemeinsam mit ihnen am Tisch sitzen würde. Sie lechzte richtig danach, mich hier vor allen Leuten zu beschämen. Sie verunglimpfte mich vor allen als Bettbrunzerin und zeigte dabei andauernd auf das oben hängende Laken. So laut, wie sie sich am Tisch mit meinem Pflegevater unterhielt, hörten die Urlaubsgäste an den Nachbartischen – ob sie wollten oder nicht – alles mit. Ich war den Blicken dieser Leute ausgesetzt und ich hätte mich vor Scham am liebsten unsichtbar gemacht. Als eine Weile später ein deutschsprachiger Urlaubsgast an unseren Tisch kam und meine Pflegeeltern fragte, ob sie nicht glaubten, dass das, was sie hier täten, deplaziert, unmenschlich und völlig geschmacklos wäre, wäre ich am liebsten aufgestanden, hätte diesen Menschen umarmt und mich für seine Hilfe bedankt, denn nach dieser Zurechtweisung fiel kein einziges Wort mehr.

Wie jeden Morgen nach dem Frühstück gingen wir auch nach dieser für mich beschämenden Lektion an den Strand. Wir waren nur noch wenige Meter vom Strand entfernt, als mein Pflegevater stehen blieb und mit dem Finger auf einen etwas weiter entfernten Felsen zeigte. „Dort ist dein Platz“, schnauzte er mich an. Ich sah ihn ganz verdattert an. Meinte er das ernst? „Soll ich dir nachhelfen?“, schimpfte er gleich noch hinterher. Danach gingen sie einfach weiter und ließen mich stehen. Ich stand da wie angewurzelt und sah ihnen nach. Als sich mein Pflegevater wenige Augenblicke später nochmals umdrehte und mich noch immer auf demselben Fleck stehen sah, machte er kehrt und marschierte mit schnellen Schritten und fuchsteufelswild auf mich zu. Ich rannte vor ihm weg und hörte nur noch, wie er mir „Verschwinde!“ nachplärrte. Barfuß stapfte ich durch den Sand, bis hin zu diesem abgelegenen Platz. Dort angekommen setzte ich mich auf den Felsen. Wieder einmal grenzten sie mich völlig aus. Rings um mich herum lag nicht ein einziger Urlaubsgast. Weit und breit kein einziges kühles Schattenplätzchen. Von meinem Platz aus sah ich eine Schar von Kindern, die ausgelassen und wild im Wasser herumtollten. Ihr lautes Lachen und Kreischen war nicht zu überhören. Ich beobachtete ihr Treiben von Weitem und stellte mir vor, eine von ihnen zu sein. Ich sah Eltern, die mit ihren Kindern Wasserball oder Frisbee spielten und solche, die mit ihren Kindern in Schlauchbooten saßen und sich mit jeder Welle ein Stück weiter ins Meer treiben ließen. Tief betrübt saß ich auf dem von der Sonne aufgewärmten Felsen und fing an zu weinen. Warum konnten sie nicht verstehen, dass ich nicht aus reiner Absicht heraus ins Bett nässte? Stattdessen ließen sie sich immer wieder neue Bestrafungen einfallen, um mir damit zu zeigen, dass ein zwölfjähriges Mädchen nicht mehr ins Bett macht.

Um mich von meiner Einsamkeit etwas abzulenken, nahm ich einen Stein und kratzte Buchstaben und kleine Bilder in den Felsen. Und ich flüchtete mich wieder in meine Traumwelt. Ich rief meinen Butler, der mich auf dem magischen Teppich ans Wasser bringen, mich dort absetzen und in einer Stunde wieder abholen sollte.

Stunden waren vergangen und ich saß noch immer auf diesem Platz – auf demselben Felsen. Ohne Sonnenschutz, ohne eine Möglichkeit auf Schatten. Fortzugehen wagte ich nicht, denn trotz der Entfernung hatten mich meine Pflegeeltern andauernd im Blick. Die Sonne brannte unerbittlich vom Himmel und ich spürte, wie sich mein Kopf zunehmend erhitzte. Trotz der Anordnung, mich nicht von der Stelle zu rühren, wagte ich es Stunden später dennoch, meinen Platz zu verlassen. Ich ging zu meinen Pflegeeltern. Ich war nur noch wenige Schritte von ihnen entfernt, als sich mein Pflegevater umdrehte und mich erblickte. Sofort sprang er auf und kam mir mit schnellen Schritten entgegen. Ich nahm all meinen Mut zusammen und fragte ihn, ob ich nicht doch einmal kurz ins Wasser gehen dürfte. „Halt's Maul, Bettbrunzerin", bekam ich als Antwort und mit dem Finger zeigte er auf meinen Felsen, wohin ich unverzüglich wieder zurückzukehren hatte.

Vielleicht tat es ihnen ja doch ein wenig leid, dass sie mich so lange in der prallen Sonne hatten schmoren lassen, dachte ich, denn anders als in den vorangegangenen Tagen gingen wir bereits am frühen Nachmittag auf unser Zimmer. Auf dem Weg dorthin wurde mir speiübel. Ich fühlte mich unsicher auf den Beinen, nahm meine Umgebung etwas verschwommen wahr, und obwohl die Sonne nach wie vor vom Himmel brannte, jagte mich ein Schüttelfrost nach dem anderen.

Entgegen die Anweisung meiner Pflegeeltern, mich umgehend zu waschen und anzukleiden, legte ich mich ins Bett. Wenig überraschend, dass sie darauf wütend reagierten. Meine Pflegemutter kam an mein Bett, packte mich wieder einmal an den Haaren, um mich so herauszuziehen, als ich mich von einem Moment auf den nächsten schwallartig über die gesamte Länge des Betts erbrach. Ich rechnete mit einer saftigen Ohrfeige, weshalb ich instinktiv die Hände schützend vor mein Gesicht hielt. Ohrfeige bekam ich keine, dafür ein „dreckiges Rabenvieh" als Kommentar. Danach wandte sie sich von mir ab. Sie ging zum Schrank, nahm ein paar Sachen heraus und verschwand damit vor Wut schäumend im Bad. Beinahe dachte ich schon, dass das alles gewesen wäre. Momente später kam mein Pflegevater an mein Bett, packte mich, wie schon zuvor meine Pflegemutter, an den Haaren und zog mich so in eine aufrechte Sitzposition. Er drückte meinen Kopf so weit nach vorn und nach unten in Richtung Bettdecke, dass ich beinahe mein Erbrochenes mit den Lippen berührte. Er meinte, sollte ich nicht innerhalb weniger Sekunden aus dem Bett sein und diese Sauerei beseitigen, würde er höchstpersönlich dafür sorgen, dass mein Gekotztes mein Abendessen sei. Wollte ich nicht mein Erbrochenes essen, musste ich mich nun irgendwie aus dem Bett bewegen. Nachdem ich mich richtiggehend herausgequält hatte, ging ich an die Rezeption. Meine Gangart ähnelte dabei einer Stockbetrunkenen, und es kam mir vor, als fände der Weg dorthin nie ein Ende. An der Rezeption bat ich um Bettwäsche und schleppte mich danach den ganzen Weg wieder zurück. Ich überzog mein Bett frisch, stopfte die verschmutzte Bettwäsche in einen am Gang stehenden Wäschesack und legte mich danach ins Bett. Mein Pflegevater kam noch einmal zu mir, richtete den Zeigefinger auf mich und verkündete, dass ich mir für mein „Bettbrunzen" und diese Sauerei von vorhin das Abendessen „sonst wohinstecken" könne. Dass er mir aber damit keine Strafe auferlegte, sondern mir einen großen Gefallen tat, schien ihm nicht bewusst gewesen zu sein. Aufgrund meines Befindens hatte ich ohnehin keinen Appetit und, abgesehen davon, konnte ich es kaum erwarten, endlich meine Ruhe zu haben. Sie sollten sich den Bauch ohne mich vollstopfen, und meinetwegen könnten sie vor Gier auch daran ersticken, dachte ich.

Die noch verbleibenden Urlaubstage verstrichen erwartungsgemäß nicht gerade angenehm für mich. Ich hatte panische Angst, dass mein Bett nach dem morgendlichen Erwachen erneut nass sein könnte, und beschloss daher, Abend für Abend gegen meine Müdigkeit anzukämpfen. Jedes Mal, wenn ich nur kurz eingenickt war, klopfte mein Herz hinterher wie wild. Panisch schaute ich jedes Mal unter die Bettdecke, in der Befürchtung, dass mir wieder ein Missgeschick passiert sein könnte. Nach jedem Einnicken nahm ich mir vor, mich noch mehr zu bemühen, nicht ein weiteres Mal in Schlaf zu fallen. Die Nächte waren demzufolge endlos lang.

Morgens kam dann stets meine Pflegemutter an mein Bett, schlug wie immer mit einem bissigen Blick die Decke zurück und kontrollierte das Laken. Den Kampf gegen die Müdigkeit hatte ich bis auf einige Male des Einnickens gewonnen. Es hatte sich gelohnt, auf Schlaf verzichtet zu haben, denn damit war ich weiteren Bloßstellungen und Bestrafungen entgangen.

Wir waren wieder zu Hause. Der Empfehlung meiner Klassenlehrerin, mit mir einen Arzt aufzusuchen, waren meine Pflegeeltern bis dahin nicht nachgekommen. Erst kurz vor dem Ende der Sommerferien konnte sich meine Pflegemutter dazu durchringen. Doch wie sollte es auch anders sein, im Wartezimmer fand sie schnell eine Gesprächspartnerin, der sie gleich erzählen musste, dass ich mit meinen zwölf Jahren nach wie vor ständig ins Bett nässen würde.

Wenig später im Behandlungsraum bekam ich vom Arzt einen Plastikbecher in die Hand gedrückt, mit dem ich auf die Toilette sollte, um eine Urinprobe abzugeben. In meinem Urin seien auffallend viele Bakterien, meinte der Arzt, und überreichte meiner Pflegemutter ein Rezept für eine Teekur. Diesen Tee sollte ich mehrmals am Tag über eine Woche hinweg trinken, um damit die Bakterien auszuschwemmen. Nach Ablauf einer Woche sollte sie wieder mit mir vorstellig werden. Den Tee bekam ich die ersten drei Tage lieblos vorgesetzt – die weiteren Tage „vergaß" sie ihn einfach.

Nach einer Woche saßen wir erneut bei diesem Arzt und nach neuerlicher Urinprobe entschied er, mir etwas Blut abzunehmen. Als wir dann ein weiteres Mal die Praxis aufsuchten, ging es um den Blutbefund. Dem Arzt gegenüber saß meine Pflegemutter, links von ihm, auf einem alten Holzsessel, ich. Nachdem er meiner Pflegemutter erklärt hatte, dass meine Nierenwerte auffallend abnormal seien, fragte er mich, ob ich keine Schmerzen hätte. Ich schielte meine Pflegemutter von der Seite an und wusste, dass ich mir keinen Fehler erlauben durfte. Es fehlte mir der Mut, ihm vor meiner Pflegemutter zu sagen, dass mein Urin permanent übel rieche und dass ich obendrein noch ein Problem mit meinem unkontrollierten Harnabgang hatte. Ich befürchtete, dass sie mir zu Hause eine saftige Abreibung verpassen könnte, wenn ich ausgeplaudert hätte, dass sie von meinen Problemen seit Jahren wusste, sie aber nie medizinisch abklären hatte lassen.

Der Arzt drückte meiner Pflegemutter einen Überweisungsschein in die Hand und fügte hinzu, dass sie mit mir so bald wie möglich das Krankenhaus aufsuchen solle, um durch weitere Untersuchungen eine eventuelle schwerwiegendere Erkrankung auszuschließen. Der Überweisungsschein kam nie in diesem Krankenhaus an, was so viel hieß, dass meine Pflegemutter nie mit mir dort war. Wie sehr sie mir damit schadete und mit welchen lebenslangen Folgen ihrer Unterlassung ich eines Tages noch konfrontiert werden würde, das sollte ich erst zu einem späteren Zeitpunkt erfahren.

Pascal

Pascal, der Großneffe meiner Pflegemutter, war etwa fünf Jahre alt, als er gelegentlich zu ihr zur Betreuung kam. Pascal war ein lebenslustiger Junge und ich beneidete ihn um seine Eltern. Seine Eltern, die stets so fürsorglich und liebevoll im Umgang mit ihm waren. Er war ein richtiges Sonnenscheinkind, das gerne wild herumtollte und pure Lebensfreude ausstrahlte. Ich genoss die Zeit mit ihm, denn er war in meinem Leben der Einzige, der mir durch seine Vitalität und sein entzückendes Lächeln zeigte, dass das Leben auch schöne Seiten hatte. Oftmals vergaß ich durch ihn meine Traurigkeit, und dieser kleine Junge schaffte es ab und an sogar, in mir Daseinsfreude zu erwecken. Ich beneidete ihn auch immer darum, dass er von meiner Pflegemutter immer nur das beste Essen serviert bekam. Als Jause bekam er Brote, die mit leckerer Wurst und feinem Käse belegt waren. Essen, das ich in dieser Qualität nicht kannte. Manchmal, wenn Pascal gerade beim Essen saß und meine Pflegemutter die Küche kurz verließ, schnappte ich mir ein kleines Stück Brot von seinem Teller und stopfte es gierig in mich hinein. Mit dem Zeigefinger vor dem Mund deutete ich ihm gegenüber Stillschweigen an. Er hielt sich immer daran, als ob er wusste, was mir im Falle eines Verrats blühen würde.

Eines Nachmittags, meine Pflegemutter saß wie fast jeden Tag in der Küche und löste Kreuzworträtsel, musste ich, wie immer, wenn Pascal zu Besuch war, auf ihn aufpassen. Es war ein warmer Frühlingstag und ich beschloss, mit Pascal in den Garten zu gehen, um mit ihm zu spielen. Wir spielten zunächst etwas Fußball, danach „Fangen“, anschließend „Verstecken“. Wie fast jedes Kind liebte auch er das Versteckspiel ganz besonders. Die meiste Zeit war *ich* damit beschäftigt, *ihn* zu suchen. Entgegen seinem Willen drehte ich aber das Spiel irgendwann um, und so musste er bis zehn zählen, während ich mich versteckte. Ich tat das hinter einem der zahlreichen hochgewachsenen Sträucher im Garten. Lange wartete ich, aber Pascal kam nicht. Ich machte mir zunächst keine großen Gedanken darüber, da ich annahm, dass er wieder etwas Interessantes gesehen hatte und schlichtweg vergessen oder das Interesse verloren hatte, mich zu suchen. Meine Geduld war jedoch einige Zeit später erschöpft und so machte ich mich auf den Weg, um ihn zu suchen. Ich huschte dabei von Strauch zu Strauch, weiter an die Ecke der Hausmauer, um zu sehen, was der Kleine trieb. Als ich um die Ecke schielte, stockte mir der Atem. Mit geöffneten Augen lag Pascal regungslos am Boden, das Bonbon, das er im Mund hatte, lag mitten in einer Blutlache. Ich lief zu ihm hin und schüttelte ihn, in der Hoffnung, dass er auf meine Berührungen reagieren würde. Doch er rührte sich nicht. Er blutete aus dem Mund, und ich sah eine Schramme an seinem Kopf, die ebenfalls leicht blutete. Ich vermutete, dass er beim Herabgehen der Terrassentreppe mit einem Fuß zwischen den Treppen hängen geblieben und kopfüber auf den Beton gestürzt war. Ich lief so schnell ich konnte in die Küche. Meine Pflegemutter war nach wie vor mit dem Lösen ihrer Kreuzworträtsel beschäftigt, als ich ihr aufgeregt schilderte, was geschehen sei. Sie schnauzte mich an, sprang von ihrem Sessel, stieß mich zur Seite und lief hinters Haus. Mir war sofort klar, dass ich für all das, was nun folgen würde, zur Verantwortung gezogen werden würde, denn schließlich hatte mir meine Pflegmutter während ihrer Auszeit, die sie sich genommen hatte, die Aufsichtspflicht über Pascal übertragen. Nun konnte ich nur hoffen und tatenlos zusehen, während sie sich um ihn kümmerte.

Ich machte innerlich drei Kreuze, als Pascal nach einer Weile zu weinen begann. Er wurde ins Kinderkrankenhaus gebracht und dort zur Abklärung stationär aufgenommen. In der Zwischenzeit saß ich zu Hause in meinem kalten und modrig riechenden Zimmer, biss mir vor Angst wieder einmal die Haut um meine Fingernägel blutig und hoffte, dass die Verletzungen nicht so schlimm seien, wie es zunächst aussah. Zeitgleich stellte ich mir aber auch die Frage, was mich als Strafe erwarten würde. Ich stellte mich auf erbarmungslose Prügel ein.

Als meine Pflegemutter nach Hause kam, erntete ich wutschäumende Blicke. Sie schimpfte mich als unfähig, tölpelhaft, dumm, unbrauchbar, nutzloses Ding. Nach Luftsprüngen war mir, dass sie es bei ihren Beschimpfungen belassen hatte, denn ich hatte befürchtet, dass sie sich mich aus lauter Wut und

Enttäuschung über mein Versagen gnadenlos vorknöpfen würde.

Glücklicherweise waren Pascals Verletzungen nicht so folgenschwer, wie es zunächst ausgesehen hatte. Bereits wenige Tage nach dem Unfall konnte er wieder aus dem Krankenhaus entlassen werden. Er blieb danach noch etwa zwei Jahre bei meiner Pflegemutter zur Betreuung, ehe er mit seinen Eltern in eine andere Stadt zog. Als Dankeschön für meine liebevolle Fürsorge in all den Jahren bekam ich beim Abschied von Pascals Eltern einen Fünfhundert-Schilling-Schein, also knapp vierzig Euro. Ich war etwa dreizehn Jahre alt und hatte so einen Schein noch nie zuvor in meinen Händen gehabt. Und besessen hatte ich so viel Geld sowieso noch niemals. Ich bedankte mich unzählige Male dafür, verabschiedete mich unter Tränen von Pascal und seinen Eltern und verschwand in meinem Zimmer. Natürlich war es meiner Pflegemutter nicht entgangen, dass ich dieses Geld überreicht bekommen hatte und ich erntete dafür giftige Blicke. Den Rest des Tages war ich ausschließlich damit beschäftigt, den Schein immerfort von beiden Seiten zu betrachten. Ich wollte ihn mir gut aufheben und erst für einen besonderen Zweck gebrauchen. Mein kostbares Gut verstaute ich daher im Schrank, zwischen meinen T-Shirts. Tag für Tag, wenn ich von der Schule kam, ging ich sofort in mein Zimmer, nahm den Schein aus dem Schrank, betrachtete ihn stolz von beiden Seiten und legte ihn wieder auf seinen Platz zurück. Dasselbe tat ich nochmals, bevor ich zu Bett ging.

Eines Tages war er jedoch nicht mehr an seinem Platz. Verzweifelt suchte ich nach meinem Geld. Ich warf alles, was sich in meinem Schrank befand auf den Boden, und durchsuchte anschließend jeden Winkel. Ich klammerte mich an den Gedanken, dass ich möglicherweise einmal unachtsam gewesen sein könnte und ihn versehentlich woanders hingelegt haben könnte. Doch dem war nicht so. Er war und blieb auf alle Zeit verschwunden.

Am Ende meiner Kräfte

Sehr zur Freude meiner Pflegeeltern zeigten ihre jahrelangen Gehirnwäschen nach und nach Erfolge. Sie hatten mich irgendwann soweit, dass ich all das, was sie mir an den Kopf warfen, glaubte. Ich war davon überzeugt, dass ich ein schlimmes Kind war und nicht verdiente, geliebt zu werden, und ich war ebenso davon überzeugt, dass *ich* diejenige war, die alles falsch machte und die alleinige Schuld dafür trug, dass sie mich so behandelten. Deshalb verzichtete ich schon immer öfter auf die ohnehin mageren Essensrationen, nur um ihnen mit meinem Dasein nicht noch mehr finanziell zu schaden. Ich machte den Abwasch noch schneller und ordentlicher, polierte das Geschirr so lange, bis es glänzte, und reinigte alles penibel sauber. Ich führte die Arbeiten im Garten noch zügiger und gründlicher durch und versuchte noch bessere Leistungen in der Schule zu erbringen. Hatte ich meine Periode, begann ich auf Vorrat ganze Rollen Klopapier auf der Schultoilette abzurollen, um mir diese bei Bedarf zentimeterdick in meinen Slip legen zu können. Damit ersparte ich ihnen weitere Ausgaben und mir das ewige Donnerwetter, dass ich mit dem bisschen Watte, das ich für diese Tage bekam, zu verschwenderisch umginge. Doch all meine Bemühungen verliefen im Sande. Nichts konnte ich gut genug machen und langsam fehlte es mir an Ideen, wie ich sie endlich zufriedenstellen könnte.

Mit meinen vierzehn Jahren gelangte ich schließlich zu der Überzeugung, dass es für jeden anderen auf dieser Welt einen Gott gab, nur nicht für mich. Gäbe es ihn auch für mich, dann würde er nicht zulassen, dass ich so ein Dasein fristen musste. Ich war innerlich völlig zerrissen. Meine Gefühle schwankten zwischen Angst, extremem Hass, Hilf- und Hoffnungslosigkeit. Ich fing an, alle Menschen um mich herum zu hassen – Lehrer, Verwandte und Bekannte, meine Pflegefamilie, den Hausarzt, Nachbarn. Alle jene, die mir je begegnet waren und meinem Martyrium tatenlos zusahen. Selbst Katharina hasste ich. Das Mädchen, das vor mir bei meinen Pflegeeltern untergebracht gewesen war und das ich nie kennengelernt habe. Aber ich hasste sie, weil sie entkommen hatte können und ich nicht. Ich hasste all die Kinder, die ich, wenn ich im Keller wieder einmal mein Dasein fristete, weit entfernt von mir spielen und herumtollen hörte. Ich hasste die Blumen, die ich bis dahin noch so gerne gepflückt hatte. Nun hasste und zertrampelte ich sie, weil ich es ihnen nicht mehr vergönnte, dass sie, im Gegensatz zu mir, ungehindert heranwachsen konnten. Ich hasste die Sonne, wenn sie tagsüber durch den Gitterschacht hereinblinzelte, und ich hasste den Mond, wenn er abends leuchtete. Ich beschuldigte den Mond, mir nicht zu vergönnen, da draußen am Himmel Millionen von Sternen sehen zu können, und der Sonne machte ich zum Vorwurf, dass sie ohnehin nie für mich schiene. Doch in den tiefsten Tiefen meiner Seele hasste ich *mich* am allermeisten. Ich wollte stark sein, aber im Grunde meines Herzens wusste ich, dass ich nichts anderes als ein Schwächling war, denn ich hatte nie den Mut, mich gegen meine Pflegeeltern aufzulehnen. Stattdessen ließ ich mich jahrelangen Gehirnwäschen unterziehen. Ich war ein Nichts.

Auch meine Tagträume, in denen ich mit dem Butler an meiner Seite auf dem magischen Teppich saß und damit durch die Lüfte flog, gehörten der Vergangenheit an. In all den Jahren Jahren fragte ich mich, was der Grund dafür sei, dass mich meine Pflegeeltern so hassten. Ich zeigte meiner Ansicht nach doch Dankbarkeit. Ich versuchte alles zu ihrer Zufriedenheit zu erledigen und ich übte mich mehr und mehr in Perfektion. Aber es war nie gut genug. Nun war ich in meinem Leben an einem Punkt angekommen, an dem ich nicht mehr weiter um mein Leben kämpfen wollte. Ich war müde, ausgelaugt und völlig kraftlos, mir immer wieder neue Strategien überlegen zu müssen, um ein einigermaßen normales Leben führen zu können. Mein Überlebenswille war am Nullpunkt angelangt, und ich hoffte, sie würden mich eines Tages einfach totprügeln, um allem ein Ende zu setzen. Um meine Chancen dahingehend zu erhöhen, versuchte ich sie von nun an zu reizen. Ich „vergaß" meine Pflichten im Haushalt und Garten, nahm wieder Essen aus der Tiefkühltruhe, schlampte bei den Hausaufgaben, wurde aufmüpfig in der Schule und missachtete sämtliche Regeln. Ich wollte, dass sie wussten, dass mir von nun an alles egal war. Auch all meine Wut, Verzweiflung und meinen jahrelangen Schmerz, den ich stillschweigend hatte ertragen müssen und hinuntergeschluckt hatte, begann ich nach und nach herauszulassen und weiterzugeben.

Eines Tages in der Schule, als die Pausenglocke schrillte und die große Pause ankündigte, rannte ich schnell auf die Toilette, um mich dort einzusperren. Ich wusste, dass es verboten war, bei Schönwetter während der großen Pause im Schulgebäude zu bleiben. Aber auch über dieses Verbot setzte ich mich, wie über viele andere neuerdings auch, einfach hinweg. Als ich mir sicher sein konnte, dass sich keine Schüler mehr im Schulgebäude befanden, schlich ich mich aus der Toilette, weiter den Gang entlang und blieb unmittelbar vor meinem Klassenzimmer am Fenster stehen. Ich beobachtete vom zweiten Stock aus meine Mitschüler, wie sie in Gruppen im Innenhof standen, ihre Pausenbrote verspeisten und mit den anderen herumalberten. Ich beneidete sie darum, dass sie, im Gegensatz zu mir, ein unbeschwertes Leben führen konnten. Ich stand da, stellte mir vor, eine von ihnen zu sein und im selben Moment überkam mich das Gefühl, ein ewiger Verlierer zu sein. Ich ballte meine rechte Hand zu einer Faust und schlug mit voller Wucht gegen die doppelt verglaste Scheibe. Mit einem Riesenknall zerbrach sie in tausend Teile. Schüler sprangen kreischend zur Seite, als die Scherben auf sie herabfielen. Ich indes stand da und empfand nur Gleichgültigkeit. Eine ganze Weile starrte ich nur ins Leere, ehe ich der zerbrochenen

Fensterscheibe den Rücken zu drehte. Ich lehnte mich an die Fensterbank und begann, die kleinen Splitter, die vereinzelt in meiner Haut steckten, herauszuzupfen. Nur wenige Augenblicke später hörte ich jemanden am Gang hastig über die Stufen eilen. Als ich Richtung Stiegenaufgang blickte, sah ich bereits meinen Klassenlehrer um die Ecke biegen. Stinkwütend steuerte er auf mich zu und fuhr mich schon von Weitem an, was ich verdammt noch mal im Schulgebäude zu suchen hätte. So gleichgültig wie mir alles war, ignorierte ich aber auch ihn. Er war fast außer sich vor Wut, weil ich mich über die Regel hinweggesetzt und das Fenster zerbrochen hatte. Als er so vor mir stand, sah ich ihn mehrmals kurz an, und es kam mir dabei vor, als könnte ich durch ihn hindurchsehen. Es war ein ganz sonderbares Gefühl. Obwohl er so dicht vor mir stand, war er irgendwie doch nicht anwesend. Es kam mir vor, als wäre alles in unendliche Ferne gerückt. Ich gab ihm weder Antwort, noch zeigte ich irgendeine Reaktion auf seine Standpauke. „Hast du dich verletzt?“, fragte er mich und begutachtete dabei meine rechte Hand. Wieder sagte ich nichts, sondern schüttelte nur verneinend den Kopf.

Fünf Tage nach diesem Vorfall saß ich gemeinsam mit meiner Pflegemutter im Konferenzzimmer. Uns gegenüber mein Klassenlehrer, vor ihm lag das Klassenbuch. Er konfrontierte meine Pflegemutter mit dem aktuellen Vorfall und meiner Reaktion darauf, mit der Tatsache, dass meine schulischen Leistungen zunehmend zu wünschen übrigließen, dass ich meine Hausaufgaben unregelmäßig brachte, dass ich seit Neuem ein Störenfried im Unterricht sei und zu allem Überfluss auch noch sämtliche Regeln missachten würde. Er stellte ihr die Frage, ob es zu Hause Schwierigkeiten gäbe und ob sie wisse, was der Auslöser für diese abrupte Verhaltensänderung sein könnte. Aufgetakelt und mit einem freundlichen Gesichtsausdruck saß sie neben mir und ließ ihren falschen Charme spielen. Als Antwort sagte sie ihm, dass sie selbst nicht wisse, was der Auslöser für mein Verhalten wäre. Sie selbst seien ratlos. Sie meinte, ich sei von jeher gut in die Familie integriert und sie seien allzeit bemüht, mich so gut wie möglich zu fördern und zu unterstützen. Ich ballte meine Hände zu einer Faust, biss die Zähne zusammen und schluckte. Ich war kurz davor, all meine Wut hinauszuschreien, aber ich riss mich zusammen. Mein Klassenlehrer kaufte ihr die ganze Show auch noch ab. Und als hätte sie mit ihrer Vorstellung noch nicht genug gepunktet, setzte sie wenig später gleich noch eines drauf und meinte, dass sie sehr froh darüber wäre, mit der Schule so gut zu kooperieren, und er, wenn es neuerlich ein Problem mit mir gäbe, sie jederzeit kontaktieren könne. Ich hatte nur noch Verachtung für diese Frau übrig und am liebsten hätte ich ihr in diesem Moment ins Gesicht gespuckt.

Der Vorfall mit dem Fenster lag bereits mehrere Wochen zurück. Wie viel angestaute Wut und unendlichen Schmerz ich in mir trug, das ließ ich nach und nach andere spüren. Auch Rebecca. Rebecca erwischte mich dabei, als ich eines Tages aus dem Schulrucksack eines Mitschülers die Jause entwendete. Ab dem Zeitpunkt meines Jausendiebstahls hatte sie mich in der Hand. Seit Monaten zwang sie mich, einen Teil ihrer Hausaufgaben zu erledigen. Ich spurte, denn schließlich wollte ich vor meinen Mitschülern nicht als Diebin da stehen. Doch mit dieser Erpressung tat sie mir auch etwas Gutes. Mit ihrer mir auferlegten „Schweigearbeit“ hatte ich zumindest eine sinnvolle Beschäftigung. Nach der Erledigung meiner eigenen Hausaufgaben verfiel ich nicht in meine alltägliche Traurigkeit und Grübelei. Soziale Kontakte außerhalb der Schule durfte ich keine pflegen und so hatte ich, wenn zu Hause gerade einmal keine Haus- oder Gartenarbeit anstand, zumindest etwas Sinnvolles zu tun. Auch wenn mir Rebecca auf ungewollte Weise dazu verhalf, meine Traurigkeit damit zu verdrängen, gebührte ihr meines Erachtens schon längst eine Abreibung.

Eines Morgens kurz vor Unterrichtsbeginn eilte ich noch schnell auf die Toilette. Unmittelbar danach folgte mir Rebecca. Ich saß auf der Toilette, spähte mehrmals unter dem Türspalt hindurch und sah, wie sie nervös von einem Bein auf das andere zappelte. Fortlaufend klopfte sie an eine der drei versperrten Türen und beklagte sich darüber, dass wir aus reiner Absicht herumtrödeln würden. Als ich eine Weile später als erste aus der Toilette kam, versuchte sich Rebecca an mir vorbeizudrängen. Sie rempelte mich ziemlich unsanft zur Seite. Ich stieß sie zurück, woraufhin es zu einer verbalen Auseinandersetzung kam. Wie auch sonst üblich für Rebecca, warf sie mir gleich ihr ganzes Repertoire an Schimpfwörtern an den Kopf. Sie beschimpfte mich als stinkende Kuh und Diebin. In diesem Augenblick schwor ich ihr im Stillen, dass sie mich das letzte Mal so genannt habe. In dem Gerangel geriet sie mit ihren Fingern zwischen den Türspalt. Ich sah das und nutzte die Gelegenheit. Ich zögerte keine Sekunde, griff zur Türklinke und schlug mit voller Wucht die Tür zu. Blut spritzte auf die Tür und lief am weiß lackierten Türblatt hinunter. Rebecca schrie so laut, dass sich ihre Stimme dabei fast überschlug. Ich indes verstand überhaupt nicht, weshalb man wegen einer solchen „Kleinigkeit" gleich die halbe Schule zusammenschreien musste. Ich hatte mich bei den mir zu Hause zugefügten Schmerzen niemals nur annähernd so aufgeführt. Ich hatte alles hinuntergeschluckt und einfach stillschweigend hingenommen. In meinen Augen war sie nicht nur eine blöde Kuh, sondern nun auch noch obendrein wehleidig. Als Rebecca ihre Finger aus dem Türspalt zog, sah ich, dass einer ihrer Finger fast zu Gänze abgetrennt war. Ihr Zeigefinger hing nur noch an einem Fetzen Haut. Ich stand ihr gegenüber, einerseits mit Genugtuung, andererseits mit völliger Gleichgültigkeit. Ich hatte nicht das geringste Mitleid mit ihr. Durch ihr Geschrei hatte sich der Raum der Toilette binnen weniger Minuten mit Mitschülern gefüllt. Einige von ihnen verließen ihn sofort wieder, da sie den Anblick des Blutes nicht ertragen konnten.

Rebecca wurde umgehend in ein Krankenhaus gebracht und mich führte man ab ins Konferenzzimmer. Während man ihr in einer Notoperation den Finger annähte, saß ich dem Direktor und meinem Klassenlehrer gegenüber. Man gab mir das Gefühl, ein Schwerverbrecher zu sein, dem man beim Verhör dazu riet, ein Geständnis abzuliefern. Aber mir war das, was soeben geschehen war, völlig egal. Selbst die Androhung des Direktors, mich von der Schule zu werfen, zeigte keinerlei Wirkung. Und auch sein Anruf bei mir zu Hause ließ mich völlig kalt. Ganz im Gegenteil. Ich wusste, dass ich mit dieser Aktion meinem Ziel ein großes Stück näher gekommen war. Im Geiste sah ich mich bereits zu Hause. Ich hoffte, meine Pflegeeltern gerieten so in Rage, dass sie mich von meinem Dasein erlösen würden.

Als ich nach Hause kam, war meine Pflegemutter gerade dabei, die gebügelte Wäsche wegzuräumen. Es war für mich ein Leichtes, von ihrem Gesicht abzulesen, dass sie vor Wut nur so kochte. Ich dachte mir, dass sie gleich zur Sache kommen würde, aber da irrte ich. Essen bekam ich keines, deshalb machte ich mich gleich an meine Hausaufgaben. Sie nahm am Küchentisch mir gegenüber Platz und beobachtete mich. Sie sprach die ganze Zeit über nicht ein einziges Wort. Dieses von ihr ins Leben gerufene Spiel spielte sie bereits ab meinem Schuleintritt, mit Spielregeln, bei denen es immer nur eine Verliererin gab. Je nach Tagesbefindlichkeit variierte sie ihre Spielchen. Manchmal saß sie mir einfach nur stumm gegenüber, ein anderes Mal wiederum machte sie mit ihren Händen ruckartige Bewegungen, um mich damit zu verunsichern und einzuschüchtern. Ich zuckte jedes Mal zusammen, da ich dachte, dass sie mir ein runterhauen würde. Ein anderes Mal wieder saß sie mir mit erhobener Hand gegenüber und „winkte“ mir in regelmäßigen Abständen zu, womit sie mir sagen wollte, dass diese Hand, sofern ich nicht spuren und meine Hausaufgaben ordentlich erledigen würde, jeden Moment zuschlagen könnte. Doch für mich machte es keinen Unterschied, ob sie mit oder ohne erhobener Hand da saß und mich beobachtete, denn ich konzentrierte mich ohnehin mehr auf sie und ihre absichtsvoll ruckartigen Bewegungen als auf meine Bücher. Duckte ich mich, wenn sie wieder so tat, als würde sie mir eine reinhauen, fiel mir manchmal vor lauter Schreck meine Füllfeder zu Boden, womit sie endlich einen Grund bekam, ihre Drohung wahr zu machen. Wie oft habe sie mir schon gesagt, dass ich auf den Füllhalter aufzupassen habe, es schon wieder nicht wertschätzen könne, wie viel sie dafür bezahlt hätten, meinte sie dann. Doch es gab auch Tage, an denen ich mich stark fühlte. Stark genug, um es mit ihr und ihren hinterhältigen Spielchen aufzunehmen. An solchen Tagen nahm ich mir bereits auf dem Nachhauseweg vor, auf jegliche Art von Tyrannei nicht zu reagieren, *sie* zu ignorieren. Das schaffte ich dann meist auch – zumindest bis ich mit meinen Hausaufgaben fertig war. Wenn ich dann meine Hefte und Bücher schloss und sich in meinem tiefsten Inneren eine gewisse Befriedigung auftat, klatschte sie mir aus heiterem Himmel mitten eine ins Gesicht. Warum, verstand ich damals nicht. Vielleicht war es deshalb, weil sie es an so einem Tag nicht geschafft hatte, mich einzuschüchtern. Vielleicht war sie wütend, weil sie bemerkt hatte, dass ich gegen ihre gemeinen Spielchen mit Erfolg angekämpft hatte. Ich weiß es einfach nicht.

Nun saß sie mir wieder gegenüber und sprach nicht ein einziges Wort. Andauernd sah ich sie an und beschäftigte mich mit der Frage, was wohl gerade hinter diesen kalten Augen abliefe und wie lange es noch dauere, bis sie die Beherrschung verlöre. Sie ließ sich damit Zeit, bis ich mit meinen Hausaufgaben fertig war. Ich wollte soeben aus der Tür, um meine Schulhefte in den Keller zu bringen, als sie von ihrem Sessel aufsprang und mir eines meiner Hefte entriss. Sie zerriss es in mehrere Teile und schleuderte es mir mit den Worten: „Ich bring dich um!" ins Gesicht. Endlich! Endlich sprach sie es aus. Und ich wollte, dass sie es nicht bei ihrer Aussage beließ, sondern sie sollte ihre Worte auch in die Tat umsetzen. Genau das wollte ich. Sie erwartete sicher, dass ich sie weinend anbetteln würde. Nein, ich nahm mir vor, wenn es soweit wäre, nicht zu weinen. Diese Frau sollte wissen, dass ich schon längst keine Angst mehr vor dem Tod hatte. Und ich wollte zumindest die letzten Minuten meines Lebens stark sein. All die Jahre davor war ich nichts anderes als ein Schwächling gewesen. Obwohl ich mir immer und immer wieder vorgenommen hatte, bei ihren nächsten Übergriffen auf mich keinen Laut von mir zu geben, hatte ich es in Wahrheit so gut wie nie geschafft. Jedes Mal hatte ich geweint, geschluchzt, geschrien. Nun aber wollte ich zumindest ein einziges Mal stark sein. Wenn ich meine Augen für immer schlösse, sollten sie nicht verheult sein. „Ja, bring mich um" gab ich ihr in einem völlig ruhigen Ton als Antwort. Damit hatte sie nicht gerechnet. Sie machte einen Schritt zurück, griff nach dem auf dem Bügeltisch abgestellten Bügeleisen und schlug es mir ins Gesicht. Mit solcher Wucht, dass ich mich um hundertachtzig Grad um meine eigene Achse drehte, dabei über meine Füße stolperte und zu Boden fiel. Blut lief mir aus der Nase und ich verlor kurzzeitig die Orientierung. Ich wollte mich gerade aufrichten, als sie mir mit ihren Holzpantoffeln einen Tritt in mein Hinterteil versetzte. Eine Schmerzwelle durchschoss meinen Körper. Die Farben gingen ineinander über, und mir war, als müsste ich mich vor Schmerzen jeden Moment übergeben. Ich wollte mich aufrichten, mich vor sie stellen, um ihr in die Augen blicken zu können, doch mit meinen Beinen war ganz plötzlich etwas nicht mehr in Ordnung. Ich konnte sie weder spüren, noch bewegen. „Steh auf", fuhr mich meine Pflegemutter an. „Reiß dich zusammen und steh auf", sagte ich mir im Stillen. So sehr ich mich aber auch bemühte, ich schaffte es nicht. Ich neigte meinen Oberkörper leicht zur Seite und sah zu ihr auf. Sie kochte vor Wut, und ich wusste natürlich, dass sie mein Verhalten als weitere Provokation sah. Sie beugte sich zu mir nach unten, packte mich seitlich an den Haaren, zog mich zu sich hoch und meinte: „Dreckiges Rabenvieh, merk dir eines, du bist ein Nichts.“ Danach ließ sie mich los. Im Anschluss daran griff sie in die Besteckschublade, nahm daraus ihr „Lieblingsteil“, den Kochlöffel, beugte sich noch einmal zu mir nach unten, nahm meine rechte Hand und schlug mit dem Kochlöffel mehrmals auf meine Finger. Sie schlug genau auf meine Mittelhandknochen, und ich dachte schon, sie hätte die Absicht, mir mit dem Kochlöffel die Finger zu brechen. Das tat sie nicht, sie schlug nur so lange darauf ein, bis sie bläulich zu schimmern anfingen. Dasselbe praktizierte sie dann auch noch mit der anderen Hand. Als sie sich abreagiert hatte, warf sie ihr Utensil vor Wut schäumend auf die Arbeitsfläche der Küche und meinte, ich solle aufstehen und in mein Zimmer verschwinden. Ich konnte mich aber nicht bewegen, denn mir fehlte jegliches Gefühl in den Beinen. Sie packte mich wieder an den Haaren, zog mich daran aus der Küche die Stufen hinunter in den Keller und meinte, dass sie mir mein trotziges Verhalten schon noch abgewöhnen werde. Gott, ich hasste diese Frau abgrundtief. Sie hatte in all den Jahren nicht begriffen, dass Züchtigungen, Bestrafungsaktionen und Spielchen aller Art alles nur viel, viel schlimmer machten.

Völlig verbittert lag ich in meinem Zimmer auf dem Boden. Mehrmals schlug ich mit meinem Kopf dagegen. Warum prügelte sie mich nicht einfach so lange, bis mein Herz endlich zu schlagen aufhörte. Mir war klar, dass in diesem Fall das Pflegegeld in der Haushaltskasse fehlte, aber wenn schon, sie hätten eine Last weniger. Und für mich gehörten all meine Sorgen und Ängste der Vergangenheit an. Eine Zukunft in diesem Leben sah ich für mich längst schon nicht mehr.

Mir war kalt, furchtbar kalt. Der Geruch des modrig riechenden Bodenbelags stieg mir in die Nase. Gedankenverloren lag ich da und fing an, die zweifarbig verlegten Filzfliesen zu zählen. Ich zählte zuerst alle dunkelgrünen, danach die braunen, und als ich damit fertig war, fing ich wieder von vorn an. So lange, bis ich in einen unruhigen Schlaf fiel.

Wie lange ich geschlafen hatte, kann ich nicht sagen, aber als ich erwachte, musste ich schnell feststellen, dass meine Schmerzen nicht weniger geworden waren. Meine Zehen spürte ich mittlerweile zwar wieder und konnte sie auch bewegen, aber meine Finger waren noch immer dick geschwollen und schmerzten fürchterlich. Auf die Ellbogen gestützt kroch ich auf dem Boden zu meinem Schreibtisch. Ich versuchte mich daran hochzuziehen, aber der stechende Schmerz in meinem Gesäß ließ mich wieder zu Boden gehen.

Langsam wurde es in meinem Zimmer dunkel. Ich spähte durch den Gitterschacht und konnte an der Dämmerung draußen ungefähr abschätzen, wie spät es mittlerweile geworden sein musste. Um mich abzulenken, zählte ich zum Dutzendsten Mal die Filzfliesen und die im Gitterschacht vorhandenen Spinnweben, Spinnen und Käfer. Irgendwann fiel ich erneut in den Schlaf.

Eine äußerst unruhige Nacht lag hinter mir. Mehrmals war ich aufgewacht. Die Schwellungen an meinen Fingern waren etwas zurückgegangen und meine Beine fühlten sich nicht mehr so taub an wie noch am Tag davor. Später, als ich meine Hose nach unten zog, sah ich einen riesigen dunkelblau-schwarzen Fleck auf meinem Hinterteil. Es waren die Spuren des heftigen Trittes am Tag davor. Unmittelbar nachdem meine Pflegemutter am frühen Vormittag nach mir gesehen hatte, quälte ich mich mit kleinen Schritten zur Kellertüre. Jeder Schritt schmerzte höllisch und es dauerte eine Ewigkeit, bis ich die paar Stufen nach oben ins Vorzimmer bezwungen hatte. Beim Garderobenspiegel legte ich eine Pause ein. Ich warf einen kurzen Blick in den Spiegel und erschrak im ersten Augenblick. Ich machte einen weiteren kleinen Schritt nach vor und begutachtete im Spiegel den Teilabdruck des Bügeleisens auf meiner rechten Gesichtshälfte.

In der Schule fehlte ich in den darauffolgenden eineinhalb Wochen aufgrund einer „Grippeerkrankung“. Danach schrieb meine Pflegemutter die Nachricht an meinen Klassenlehrer in mein Mitteilungsheft, dass ich vom Fahrrad gestürzt und dabei auf mein Hinterteil gefallen sei. Ich bekam daher die Erlaubnis, die nächste Zeit im Unterricht stehen zu dürfen. Hatte ich den ganzen Tag Schule, wusste ich nach Schulschluss nicht, was mir mehr wehtat. Mein Kreuz von der stundenlangen gebückten Schreibhaltung oder der Schmerz an meinem Hinterteil.

Mein Dasein konnte man schon längst nicht mehr als Leben bezeichnen. Morgens zog ich mir die Decke über den Kopf, nur um mich nicht der grausamen Realität stellen zu müssen. Nach außen hin funktionierte ich noch, aber in meinem Inneren fühlte es sich so an, als wäre mein Leben schon längst erloschen. Mein Plan, durch Rebellion mein Lebensende herbeizuführen zu können, ging nicht auf. Auch damit war ich gescheitert.

Der Vorfall mit Rebecca lag bereits einige Monate zurück. Ich war mittlerweile fünfzehn Jahre alt und fast nur noch mit einer einzigen Frage beschäftigt: „Gibt es nach dem Tod ein Leben?“ Ich wollte so gerne sterben und nochmals auf die Welt kommen. In eine Welt ohne Gewalt. In eine Welt des Friedens, in eine Welt mit liebevollen Eltern, und in eine Welt, in der ich Unbeschwertheit genießen könnte, anstatt mich mit einem schnellen und schmerzlosen Suizid zu beschäftigen.

Was Letzteres betraf, so verschaffte mir meine Pflegemutter eines Tages ungewollt den Zugang zu einer todsicheren Methode. Es war an einem Nachmittag, als meine Pflegeltern in die nächstgrößere Ortschaft fuhren, um Einkäufe zu erledigen. Wie immer, wenn ich mich außerhalb der Kellerräume aufhalten durfte und nicht mit zum Einkaufen fahren musste, waren während ihrer Abwesenheit alle Räume versperrt und die Schlüssel versteckt. So eilig konnte meine Pflegemutter es nie haben, dass sie nicht vor dem Verlassen des Hauses noch schnell alle Türen absperrte und die

Zimmerschlüssel entweder in ihrer Handtasche mit sich trug oder eben zu Hause versteckte. An diesem Nachmittag allerdings hatte sie vergessen, ein Zimmer abzusperren. Das Wohnzimmer. Ich saß auf der Kellerstiege und sah ihr zu, wie sie von Tür zu Tür ging, dabei jede einzelne absperrte und den Schlüssel abzog. Gerade, als sie auf dem Weg zum Wohnzimmer war, läutete das Telefon. Sie machte kehrt und nahm das Gespräch entgegen. Das Telefonat brach sie jedoch sehr schnell wieder ab, denn mein Pflegevater hatte davor bereits mehrere Male ungeduldig nach ihr gerufen. Sie eilte aus dem Haus und vergaß dabei, diese eine Tür noch zu versperren. In einem der Wohnzimmerschränke waren sämtliche Medikamente verstaut, die sich über all die Jahre angesammelt hatten. Von einfachen rezeptfreien bis hin zu verschreibungspflichtigen Pillen. Das war meine Chance, und ich ergriff sie, weil ich wusste, dass ihr dieser Fehler nicht noch mal so schnell passieren würde. Als ich meinen Pflegevater aufs Gaspedal steigen und die beiden Sekunden später davonfahren hörte, rannte ich aus dem Haus, hinunter zum Zaun und spähte ihnen nach. Ich wartete so lange, bis das Auto nach links auf die Hauptstraße gebogen war, und rannte wieder zurück. Ich ging ins Wohnzimmer, öffnete eine dieser Schubladen mit den Medikamenten und bediente mich mit allem, was darin lag. Hastig, und immer ein Auge auf die Tür gerichtet, drückte ich mir aus sämtlichen Medikamentenpackungen einige Pillen heraus, gab den Rest in die einzelnen Packungen zurück und verstaute diese wieder im Schrank. Um keinen Verdacht zu erregen, schlichtete ich in der Schublade alles wieder so, wie ich es vorgefunden hatte. Bevor ich den Raum verließ, blickte ich noch auf den Boden, um sicherzugehen, dass ich nichts verloren hatte. Selbst eine Fussel von meinem Pullover oder ein verloren gegangener Faden von meinen Gästepantoffeln hätte mich verraten. Ich eilte in mein Zimmer, öffnete den Überbezug des Kopfpolsters und versteckte darin die Handvoll Pillen. Nun endlich würde alles ein Ende haben, dachte ich mir. Ich war überglücklich, dass mir meine Pflegemutter, natürlich ungewollt, die Möglichkeit geboten hatte, an Medikamente zu kommen. Ich war davon überzeugt, dass dank meinem Griff in die Medikamentenschublade mein jahrelanger Kampf und der ganze Albtraum hier in wenigen Stunden endlich ein Ende hätte. Später, als meine Pflegeeltern von ihren Einkäufen zurückkamen und meine Pflegemutter nach mir sah, saß ich in meinem Zimmer und tat so, als würde ich interessiert in einem Schulbuch lesen.

Ein paar Stunden später, als es draußen zu dämmern begann, ging ich ins Badezimmer und ließ etwas lauwarmes Wasser in meine Waschschüssel. Auch von dieser konnte ich mich endgültig verabschieden. Ich hasste diese rote Waschschüssel, die ein Fassungsvermögen von gerade einmal drei bis vier Litern hatte. Dieses wenige Wasser musste nach Ansicht meiner Pflegeeltern reichen, um meinen ganzen Körper zu reinigen. Schließlich mussten sie ja sparen, und bei wem ging das am besten, wenn nicht an mir. Duschen, dieses Privileg hatten ausschließlich meine Pflegeeltern sowie Friederike und Sybille. Das Gefühl einer Dusche auf meiner Haut hatte ich bis dahin erst ein einziges Mal kennenlernen dürfen – im Urlaub, als mich meine Pflegemutter vor den anderen Urlaubsgästen bis auf die Knochen blamierte. Baden war mir nur mit abgestandenem, gebrauchtem Wasser, in dem vorab schon entweder meine Pflegemutter oder mein Pflegevater gebadet hatte, erlaubt. Mich ekelte es jedes Mal, wenn ich in die Badewanne steigen musste. Das Wasser stank nach Schweiß und an der Wasseroberfläche befand sich ein Film von abgeschrubbter Hornhaut, die sich schmierig auf meine Haut legte. Doch ehe ich in dieses stinkende und verschmutzte Wasser steigen musste, ließ meine Pflegemutter zu dem ohnehin bereits völlig ausgekühlten Wasser noch zusätzlich eiskaltes in die Wanne. Sie forderte mich auf, mich hineinzusetzen, und ich sollte nicht eher aus der Wanne steigen, bevor ich nicht die Erlaubnis dazu bekam. Mit dem Zeigefinger vor meinem Gesicht warnte sie mich noch, dass ich es nicht wagen sollte, den Warmwasserhahn aufzudrehen. Ich lag der Länge nach in der Badewanne und traute mich nicht einmal mich zu bewegen. Doch kaum hatte sie das Badezimmer verlassen, stützte ich mich mit Händen und Füßen an den Seiten der Badewanne ab und zog mich im Zeitlupentempo so weit aus dem Wasser, dass ich nur mehr mit meinem Hinterteil die Wasseroberfläche berührte. Ich musste dabei ganz vorsichtig vorgehen, denn ein Plätschern des Wassers hätte mich sofort verraten, und außerdem ließ sie die Badezimmertür jedes Mal ganz geöffnet, sodass ich jede Sekunde damit rechnen musste, dass sie sich anschlich und mich dabei ertappte. In dieser Stellung verharrte ich so lange, bis mich die Kraft in meinen Armen und Beinen verließ. Ganz langsam ließ ich mich dann wieder ins Wasser gleiten.

Ich lag in diesem eiskalten Wasser, begann wie immer nach einer Weile, an meinen schrumpelig gewordenen Fingern zu zupfen, und betete: „Bitte, bitte, lieber Herrgott, ich habe Angst – hilf mir bitte", flüsterte ich ganz leise vor mich hin. Ich betete für das, was mir in der Regel noch bevorstand. Für gewöhnlich erwartete mich noch eine extra Behandlung in der Badewanne. Vor dieser fürchtete ich mich am meisten, denn in der Badewanne hatte ich nicht die geringste Chance zu entkommen. Nachdem mich meine Pflegemutter lange genug in dem eisig kalten Wasser frieren gelassen hatte, kam sie ins Badezimmer und stellte sich vor die Wanne. Sie stützte die Hände in die Hüften und sah mich von oben herab an. Ich konnte stets erkennen, wie sehr sie es genoss, mich hier drinnen liegen zu sehen. Mein Zittern vor Kälte wich dem Zittern aus Angst. Wie immer begann sie mich aus dem Nichts heraus zu erniedrigen. In der Regel begann es so, dass sie mich fragte, ob es mir im Wasser kalt wäre. Ich nickte nur mit dem Kopf, was ausreichte, um sie mit ihren Belehrungen beginnen zu lassen. Sie stand vor der Badewanne und schimpfte auf mich ein, dass ich gefälligst dankbar sein solle, dass ich überhaupt baden dürfe, und dankbar dafür sein solle, nicht in einem Heim aufwachsen zu müssen. Ob es mir bewusst sei, welches Opfer sie für mich bringen würden, war gewohnheitsmäßig ihre nächste Frage. Ihren Belehrungen folgten Beschimpfungen. Sie begann aufzuzählen, wozu ich nicht taugen würde. Diese Liste war fast endlos. Es war eine Art von Unterhaltung, in der sie mir wie immer verdeutlichte, dass ich nichts anderes als eine Verliererin sei. Ihre Lieblingsfrage, wie ich zukünftig mehr Dankbarkeit zeigen könnte, war nichts anderes als eine List, um mir ein weiteres Mal vor Augen zu führen, dass ich ohnehin nicht die geringste Chance gegen sie hätte. Was ich ihr auch als Antwort gab, es war stets das Falsche. Für die „unpassenden" Antworten haute sie mir eine rein oder tauchte meinen Kopf unter Wasser. Manchmal hielt sie mich so lange unter Wasser, dass ich in meiner Angst vor dem Ertrinken völlig panisch um mich zu schlagen begann, sie das eine oder andere Mal mit meinen Händen im Gesicht erwischte und ihr eine kleine Schramme zufügte. Irgendwann änderte ich daher mein Vorgehen. Statt meiner Pflegemutter bei ihren Verhören zu antworten, nickte ich nur mehr bejahend oder verneinend mit dem Kopf. Mit dieser Taktik kam ich aber genauso weit wie bei der anderen. Für mein Schweigen oder, wie sie es nannte, dass ich mein Maul nicht aufbrachte, bekam ich dieselbe Abreibung verpasst. Ihre Badewannenspiele hatten längst schon Spuren hinterlassen. Im Laufe der Jahre nisteten sich in meinem Kopf grausame Bilder ein. Neben meinen nächtlichen Albträumen, verzweifelt an einem Abgrund zu stehen, träumte ich immer öfter, dass ich leblos an einer Wasseroberfläche trieb.

Mit meinem freiwilligen Ausscheiden aus dem Leben würden mir auch die peinlichen Momente erspart bleiben, bei offener Badezimmertür nackt vor meiner Schüssel stehen zu müssen. Das Badezimmer lag genau in der Mitte des Flurs und so konnte mich jeder, der währenddessen vorbeiging, egal ob es meine Pflegeeltern, deren Töchter oder Besucher waren, mich nackt betrachten. Als ich in die Pubertät kam, meine Brüste sich zu formen begannen und meine Schamhaare zu wachsen anfingen, empfand ich das als ganz besonders schlimm. Einmal nahm ich mir die Freiheit, die Badezimmertür während meiner Wäsche anzulehnen. Prompt wurde sie von meiner Pflegemutter mit wütendem Blick wieder aufgeschlagen.

Die Stunden bis zum Abend kamen mir wie eine halbe Ewigkeit vor. Nun aber war der ersehnte Moment da. Ich ging mit dem leeren Glas, das ich nachmittags aus der Küche entwendet hatte, ins Badezimmer und befüllte es mit Leitungswasser. Damit eilte ich nach unten in mein Zimmer und warf die Pillen, die ich Stunden zuvor aus dem Wohnzimmerschrank genommen hatte, ins Glas. Ich verließ noch mal das Zimmer, um nach oben in die Küche zu gehen und meinen Pflegeeltern eine gute Nacht zu wünschen. Dass ich wie so oft nichts zurückgesagt bekam, war mir an diesem Abend vollkommen gleichgültig. Als ich die Küchentüre hinter mir schloss, dachte ich daran, dass ich meine Pflegeeltern soeben das letzte Mal gesehen hätte. Es fühlte sich großartig an. Zurück in meinem Zimmer, nahm ich das auf meinem Tisch abgestellte Glas mit den Tabletten und setzte mich auf mein Bett. Das Wasser hatte in der Zwischenzeit eine undefinierbare Farbe angenommen. Ich starrte ins Glas und ließ in Gedanken noch einmal mein erbärmliches Leben an mir vorbeiziehen. Ich dachte an die unzähligen Quälereien, die allesamt tiefste Spuren in mir hinterlassen hatten. Ich dachte an all meine Bemühungen, meinen Pflegeeltern zu genügen, ich dachte an diese ganze scheinheilige Familie und daran, wie sie sich nach außen hin allzeit im besten Licht präsentierte. Ich stellte mir auch die Frage, ob ich in all den Jahren nicht doch noch etwas besser hätte machen können. Hätte ich noch mehr Einsatz und Dankbarkeit zeigen können, doch wie, wann und womit? Ich war doch sogar schon dafür dankbar, wenn mir meine Pflegemutter in Anwesenheit anderer ein aufgesetztes, kurzes Lächeln geschenkt hatte. Natürlich hatte ich in solchen Momenten bemerkt, dass das jedes Mal nur dem Schein diente, aber selbst dafür war ich schon dankbar. Sobald dann niemand anderer mehr anwesend war, machte ich wieder mit der bekannten, wirklichen Pflegemutter Bekanntschaft. Die ganzen Jahre über hatte ich versucht stark zu sein, mich nicht unterkriegen zu lassen, hatte alles versucht, sie nur irgendwie davon zu überzeugen, dass ich kein dummes, unnützes, unfähiges, undankbares Ding war. Immer wieder war ich aufgestanden und hatte von Neuem begonnen zu kämpfen. Doch alles war umsonst gewesen. Nun war ich am Ende, völlig am Ende. Sie hatten es geschafft, meinen Lebenswillen zu brechen. Sie hatten mich so weit gebracht, dass ich zu der Überzeugung gelangt war, ein Mensch zu sein, den man nicht lieb gewinnen konnte. Und ich war mittlerweile davon überzeugt, eine echte Versagerin zu sein und das auf alle Zeit auch zu bleiben. Außer meiner äußerlichen Hülle war von mir als Mensch nichts mehr übrig. Innerlich war ich tot, lange schon tot.

Einen kurzen Moment lang schweifte mein Blick noch durch das Zimmer. Ich überlegte, ob ich nicht noch etwas vergessen hätte, in Ordnung zu bringen. Ich wusch im Badezimmerwaschbecken noch meine Unterhose und hängte sie über meinen Sessel zum Trocknen. Ich reinigte den Boden penibel sauber, faltete meine Kleidung und legte sie Kante auf Kante ordentlich auf einen Stapel. Ich ordnete meine Schulsachen, indem ich Bücher und Hefte der Farbe und Größe nach schlichtete und auf einen Stoß legte. Ich wollte alles ordentlich hinterlassen. Ich wollte nicht, dass sie selbst hinterher noch sagen würden, dass ich ihnen nur Arbeit gemacht hätte.

Ich setzte das Glas an, schloss meine Augen und trank diese grauslich schmeckende Flüssigkeit. Das Zeug schmeckte abscheulich und ich kämpfte dagegen an, dass es mir nicht wieder hochkam. Bis ich alles leer getrunken hatte, brauchte ich mehrere Anläufe.

Danach stand ich noch einmal auf, stellte das leere Glas auf meinen Tisch und legte mich ins Bett. Ich deckte mich bis über beide Ohren zu und genoss das Gefühl von Erleichterung. Durch den Cocktail, den ich mir gerade verabreicht hatte, hatte ich all meine Sorgen und Ängste und den jahrelangen Schmerz von einem auf den nächsten Moment weggespült. Nun wäre ich frei, für immer, dachte ich mir. Nie mehr wieder müsste ich morgens aufstehen, nie wieder müsste ich mir anhören, dass ich ein dummes, nutzloses, undankbares Ding sei, dessen Eltern Versager seien und ich eine ebensolche werden würde. Niemals mehr müsste ich gegen diese schrecklich lähmenden Ängste ankämpfen. Endlich könnte ich aufhören nach Möglichkeiten zu suchen, meine Pflegeeltern zufriedenzustellen, aufhören zu suchen, was ich noch tun könnte, um einmal liebevoll in den Arm genommen zu werden. Nie mehr wieder müsste ich gegen meinen Willen Dinge geschehen lassen, die mir unendlichen Schmerz zufügten, niemals mehr müsste ich mir Beleidigungen und Kränkungen aller Art gefallen lassen. Und niemals mehr würde sich noch ein einziger Mensch an mir abreagieren können. Mein Leben als Bettbrunzerin, als Rabenvieh, als nutzloses und undankbares Ding war nun vorbei. Ein für alle Mal. Mit diesen erlösenden Gedanken fiel in den Schlaf.

Wie lange ich geschlafen hatte, konnte ich nicht sagen. Ich setzte mich auf und versuchte, mich zu konzentrieren, was mir äußerst schwerfiel, denn ich war völlig orientierungslos und benommen. Mein Herz raste so stark, dass es mir kaum möglich war, normal zu atmen. Der starke Drang, auf die Toilette zu gehen, zwang mich zum Aufstehen. Ich setzte mich zunächst auf die Bettkante und wartete eine Weile, bis ich mir sicher war, dass mich meine Beine auch tragen würden. Doch als ich aufstand und meinen Körper in eine aufrechte Position brachte, dürfte mein Blutdruck in den Keller gesackt sein, denn ich ging unmittelbar danach zu Boden. Ich kroch auf dem Boden dahin, aus meinem Zimmer und weiter in den Gemüsekeller, um dort mein kleines Geschäft zu erledigen. Ich lag bereits quer über dem Boden im Gemüsekeller, als ich mich plötzlich übergeben musste. Ich spürte noch einen kurzen Moment lang, wie es mir warm zwischen den Beinen hinunterlief. Danach wurde es wieder Nacht um mich.

Kalt war mir, schrecklich kalt, als ich erneut erwachte. Es dauerte einige Momente, bis ich überhaupt realisierte, dass ich noch immer im Gemüsekeller auf der feuchtkalten Erde lag – vor und neben mir mein Erbrochenes. Ich versuchte alle meine Kräfte zu mobilisieren, um wieder in mein Zimmer zu kommen. Eine halbe Ewigkeit dauerte es, bis ich dort angekommen war. Mir war speiübel, aber ich hatte weder die Kraft noch den Willen, mich schon wieder den ganzen Weg in den Gemüsekeller zu schleifen, um mich dort auf einem Fleckchen Erde übergeben zu können. Ich blieb einfach auf dem Zimmerboden liegen. Permanent musste ich mich dabei übergeben. Ich war sogar zu schwach, mich von meinem Erbrochenen weiter weg zu bewegen. Mein Kopf fühlte sich an, als wöge er zehn Zentner. Ich bemühte mich, ihn so lange wie möglich über meinem Erbrochenen zu halten. So lange, bis mich die letzte Kraft verließ, ich ihn in das Erbrochene legte und wieder einschlief.

„Steh auf!", drang es in mein Unterbewusstsein. Diese Stimme ließ mich wissen, dass ich mich noch immer in diesem erbärmlichen Leben befand. Ich öffnete meine Augen, hob meinen Kopf etwas an und sah meine Pflegemutter vor mir stehend, ihre Arme in die Hüften gestemmt. Als ich zu ihr aufblickte, erkannte ich, wie viel Macht sie über mich hatte und wie sehr sie das genoss. „Ich habe gesagt, du sollst aufstehen", fuhr sie mich noch einmal an. Zeit für Selbstmitleid hatte ich nicht. Ich bemühte mich, ihren Anweisungen zu folgen, doch ich scheiterte. Völlig entkräftet sank ich wieder vor ihr zusammen und brach zu allem Überfluss auch noch in einen Weinkrampf aus. „Wenn du nicht sofort aufstehst, gebe ich dir einen Grund zum Plärren", schnauzte sie mich an. Noch immer war mir speiübel und meine Hände zitterten, als wäre ich über Nacht an Parkinson erkrankt. Ich hatte keine Kraft, um aufzustehen. Meine Pflegemutter sah das natürlich wieder als Provokation und tat das, was sie immer schon gerne getan hatte. Sie packte mich an den Haaren.

Im Allgemeinen, wenn mich meine Pflegeeltern so fest an den Haaren zogen und mich durch die Gegend schleiften, gingen mir danach büschelweise die Haare aus. Ein Moment, in dem ich wieder einmal bitterlich weinte, denn ich dachte oft, dass die Haare nicht mehr nachwachsen würden und ich eines Tages eine Glatze haben würde. Ich mochte meine Haare und ich hatte Angst um sie. Ich hatte Angst, dass ich mich von meinen schönen Haaren eines Tages verabschieden müsste. Und das musste ich auch. Nicht, weil sie mir alle ausgerissen wurden oder sie mir alle ausgingen, sondern weil meine Pflegemutter gegen meinen Willen die Friseurin eines Tages angehalten hatte, mir einen Kurzhaarschnitt zu verpassen. Ehe diese mit dem Schneiden begann, fragte sie mich noch, ob ich das auch wolle. Ich kam erst gar nicht dazu, ihr eine Antwort zu geben, denn meine Pflegemutter war, wie so oft, schneller. Die Antwort, die ihr meine Pflegemutter gab, war natürlich nicht dieselbe, die ich der Friseurin gegeben hätte. Ich saß auf dem Sessel und heulte Rotz und Wasser. Doch meine Wünsche zählten in dieser Familie nicht. Meine Haare waren auch keineswegs so lang, dass sie mir etwa bis zum Po gereicht hätten. Nein, ganz und gar nicht. Sie hingen mir etwas über die Schulter, was aber ausreichte, dass sie das Theater mit meinen Haaren satt habe, wie meine Pflegemutter meinte. Das „Theater“, wie sie es nannte, war nichts anderes als meine Angst vor ihr. Ich hatte Höllenangst, wenn ich vor der Badewanne kniete. Wie Espenlaub zitterte ich jedes Mal. Und ich weinte. Anhand ihrer Tagesbefindlichkeit wusste ich zumindest schon vorab, wie die Haarwäsche an diesem Tag (in etwa) ausgehen würde. Hatte sie einen weniger guten Tag, dann konnte ich mich auf heißes Wasser oder ihr Lieblingswasserspiel einstellen. Entschied sie sich für ihr Lieblingsspiel, hielt sie mir den harten Wasserstrahl von unten ins Gesicht. Dabei beging ich immer wieder den Fehler, dass ich das entgegenströmende Wasser in meiner panischen Angst mehrmals durch die Nase aufzog. Die Folge war, dass ich wie wild zu husten begann, was wiederum dazu führte, dass ich unfreiwillig auch noch eine ganze Menge Wasser schluckte. Ich meiner Panik schnappte ich immer heftiger nach Luft und je mehr ich hustete, desto mehr schien es ihr zu gefallen. Ich begann, wie wild um mich zu schlagen. Ich versuchte, dem harten Strahl auszuweichen, versuchte ihre Hände wegzuschlagen. Sie fauchte mich an, meinen Schädel, so wie sie es nannte, gefälligst in die Wanne zu halten und meine „Pratzen“[2] aus der Badewanne zu nehmen, andernfalls würde etwas passieren. Ich hustete, weinte, bettelte. Sie hingegen äffte mich nach, hustete hämisch, gab gemeine Kommentare von sich und äffte mein Verhalten nach.

Von der Haarwäsche hatte ich mich noch nicht einmal zur Gänze gefangen, da überrollte mich schon die nächste Angstwelle. Es war die Angst vor dem Haarekämmen. Mit dem Kamm setzte sie am Scheitel an und riss ihn bis unten durch. Sie drückte ihn dabei so fest in die Kopfhaut, dass ich jeden einzelnen Zahn spüren konnte, und mir war jedes Mal, als würde sie

[2]Hände.

mir nicht nur die Haare vom Kopf reißen, sondern die Kopfhaut gleich mit dazu. Zuckte ich vor Schmerz zusammen oder kam mir versehentlich ein Laut über die Lippen, schlug sie mir von hinten mit der Hand auf den Mund. „Die Fetzen werden abgeschnitten", keifte sie mich dabei an. Das war das „Theater", von dem meine Pflegemutter sprach. Für sie war mein Verhalten nicht nur völlig überzogen, sondern entbehrte auch jedes Grundes.

Vor ihr am Boden liegend wurde ich nun wieder von ihr an den Haaren gepackt. Selbst in diesem betäubten Zustand konnte ich spüren, wie sie riss. Sie zog mich zu sich hoch und meinte: „Du willst dich schon wieder meinen Anweisungen widersetzen? Du Rabenvieh, merk dir eins: ‚Du bist ein Nichts!'"

Ich hasste diese Frau abgrundtief. Ich wünschte, sie wäre tot. Doch vorher sollte sie den unendlichen Schmerz, den ich während all dieser Jahre durchlitten hatte, am eigenen Leib erfahren. Und ich hasste *mich* mehr als je zuvor, denn ich war selbst zu dumm, meinem Leben ein Ende zu setzen.

Meine letzte Hoffnung

Ich hoffte jeden Tag, dass meine Pflegemutter irgendwann wieder einmal vergessen würde, das Wohnzimmer während ihrer Abwesenheit zu versperren, um wieder an Medikamente zu kommen. Für den Fall des Falles nahm ich mir vor, *alles* zu nehmen, damit es nicht noch einmal schiefgehen würde. Mit all den Medikamenten, die sie in dieser Schublade hortete, hätte man einen Elefanten töten können. Für mich würde es somit allemal reichen. Natürlich dachte ich auch immerzu an andere Methoden. Mich vor ein fahrendes Auto zu werfen, war mir zu unsicher, denn möglicherweise würde ich nur leicht verletzt werden oder im Rollstuhl und schließlich wieder bei dieser Familie landen. Auch versuchte ich einmal, mir mit einer Klinge die Pulsadern aufzuschneiden, brach aber ab, weil ich nicht mit ansehen wollte, wie ich langsam verblutete. Ich wollte einen angenehmen Tod. Einen, bei dem ich einfach nur sanft einschlafen konnte. Ich befand mich von Kindesbeinen an in einem niemals endenden Albtraum und war der Meinung, dass nicht auch noch mein Tod qualvoll sein müsse.

Meine Verzweiflung konnte ich schon längst nicht mehr in Worten wiedergeben. Den allerletzten Funken Hoffnung, den ich noch in mir hatte, war die Tatsache, dass es da noch die Sozialarbeiterin gab. Nur, wie kam ich nach Graz? Ich hatte weder Ahnung, wo sich das Gebäude befand, noch wie die Straße hieß, in der das Jugendamt war. Ich wuchs immerhin völlig isoliert auf. Meine geografischen Kenntnisse außerhalb meines Wohnortes waren gleich null. Und selbst wenn ich zu ihr hin fände, würde sie mir glauben? Die Sozialarbeiterin kündigte ihren Besuch in der Regel frühzeitig an. Leider kam sie nur selten, vielleicht war es zwei- oder dreimal im Jahr. Ich mochte diese Frau. Sie war mittleren Alters, immer gut gekleidet, und brachte als Geschenk immer ein Lächeln für mich mit. Ich hätte jedes Mal die Welt umarmen können, wenn ich hörte, wie meine Pflegemutter meinen Pflegevater darüber in Kenntnis setzte, dass die Sozialarbeiterin zu Besuch käme. Denn das hieß für mich für die kommenden Tage keine Schläge und sonstige Quälereien. Jedes einzelne Mal trug ich den Funken Hoffnung in mir, mit der Sozialarbeiterin für einen kurzen Augenblick alleine sein zu können. Die Chance auf einen Hilferuf gab es aber nie, denn meine Pflegemutter verließ während dieser Besuche nicht ein einziges Mal den Raum. Sie hatte mich die ganze Zeit über im Visier. Die Besuche liefen immer nach demselben Muster ab. Die Sozialarbeiterin kam, nahm in der Küche auf der Sitzbank Platz. Links von ihr meine Pflegemutter und gegenüber auf dem Sessel saß ich. Wie immer anständig gekleidet, die Haare frisch gewaschen, ordentlich gekämmt, keinerlei Verletzungen ersichtlich. Das Zimmer im Keller gab es auch ganz plötzlich nicht mehr. Stattdessen gehörte mir für die Zeit ihres Besuches Friederikes Zimmer. Meine Antwort auf ihre Einstimmungsfrage, wie es mir ginge, war immer dieselbe: „Gut". Der Anweisung meiner Pflegemutter, nicht mit herunterhängendem „Gfries"[3] da zu sitzen, folgte ich ebenso. Ich zog es nie in Erwägung, im Beisein meiner Pflegemutter etwas anderes zu sagen oder in irgendeiner anderen Form zum Ausdruck zu bringen, wie es mir in Wahrheit ging. Immerhin wusste ich, was mir im Falle von Ungehorsamkeit hinterher blühte. Viele Jahre lang blieb ich aber dahingehend optimistisch, dass der Sozialarbeiterin auffallen würde, dass ich in „günstigen" Momenten, in denen sie sich mit meiner Pflegemutter unterhielt, mit geneigtem Kopf da saß. Und dass auf jede Frage, die sie *mir* in weiterer Folge stellte, *meine Pflegemutter* antwortete. Doch irgendwann begrub ich auch diese Hoffnung. Sie verließ das Haus wohl stets im Glauben, dass alles in bester Ordnung sei. Also, warum sollte sie mir, wenn ich sie aufsuchte, glauben.

Ich musste sie aber sehen. Kostete es, was es wollte. Ich griff nach einem letzten Strohhalm, ich griff nach der Hand der Sozialarbeiterin. Also machte ich mich eines Morgens auf den Weg zu ihr. Für diesen Zweck tischte ich meiner Pflegemutter Tage davor eine fiese Lüge auf. Ich erklärte ihr, dass ich etwas ganz Dringendes, was mir schon lange am Herzen läge, zu erledigen hätte. Dass es sich um ein Geschenk für sie handelte, als Dank für ihre Aufopferung in all den Jahren. Ich meinte, dass dies eine ganz besondere Überraschung sei, und alles, was ich dafür benötigen

[3] Gesicht.

würde, sei ein bisschen Zeit. Sie kaufte mir diese Geschichte ab. Sie gab mir ein Zeitlimit vor und gestattete mir, das Haus zu verlassen.

Während der Fahrt legte ich mir in Gedanken alles zurecht, was ich der Sozialarbeiterin sagen wollte. Ich wollte mir alles von der Seele reden und war guter Dinge, dass sich nun ein für alle Mal alles zu meinem Besten wenden würde. Ich war davon überzeugt, dass ich mein „Zuhause" nie wieder betreten würde.

Es war schon seltsam, dass ich mich nun selbst auf den Weg zur Sozialarbeiterin machte. Jahrelang hatte ich vor Angst gezittert, wenn mir meine Pflegemutter wieder einmal angedroht hatte, die Sozialarbeiterin anzurufen, um mich abholen zu lassen. Es war nicht die Angst vor der Sozialarbeiterin selbst, denn die mochte ich ja, sondern vielmehr die Angst vor der Ungewissheit, die Angst vor dem Strafausmaß. Beim kleinsten Vergehen griff meine Pflegemutter zum Hörer, tat so, als würde sie die Nummer der Sozialarbeiterin wählen, und tat in weiterer Folge auch so, als würde sie sich mit ihr unterhalten. In ihren vermeintlich geführten Gesprächen mit der Sozialarbeiterin erzählte sie ihr, dass ich wieder ungehorsam, aufmüpfig und undankbar gewesen sei, dass sie genug von mir habe, mit mir nichts mehr anzufangen wisse. Sie fragte sie, bis wann sie da sein könne. Bis dahin würde sie alles zusammengepackt haben, wie sie meinte. Ich kniete auf den Steinfliesen im Vorzimmer, faltete meine Hände zu einem Gebet und bettelte sie an, mich nicht wegzugeben. Ich würde mich mehr bemühen und ich würde alles tun, um bleiben zu dürfen. Ich hätte mir all das ersparen können, meinte sie jedoch. Nun würde ich eben enden wie Katharina. Ich solle in mein Zimmer gehen, mich nicht vom Fleck rühren und warten, bis ich abgeholt werde, keifte sie noch hinterher. Auf dem Weg nach unten verlor ich jeglichen Bodenkontakt, ich ging wie auf Watte. Innerlich begann ich immer mehr zu frieren. Ich schluchzte und weinte so laut, dass mich Nachbarn hätten hören müssen. Ich wusste nicht, wohin man Katharina gebracht hatte. Ich wusste nicht, ob sie überhaupt noch lebte, denn auf der Straße, das war mir selbst im Volksschulalter schon klar, war es bitterkalt. Wohin würde mich die Sozialarbeiterin gleich bringen? Würde sie mich neben Katharina auf die Straße setzen. Vielleicht würde mir Katharina gestatten, mich an sie zu kuscheln, damit mir nicht so kalt sei, dachte ich in solchen Momenten. Was, wenn Katharina aber nicht mehr am Leben war oder mich die Sozialarbeiterin an einer anderen Stelle, in einer anderen Straße absetzen würde? Würde ich es alleine schaffen?

Wieder … und wieder … und wieder … spielte meine Pflegemutter dieses Spiel – über Jahre hinweg. Sie spielte es mit dem Wissen, dass ich vor Angst jedes Mal beinahe umkam und dass ich in solchen Momenten das eine oder andere Mal sogar in die Hose machte.

Eine knappe Stunde später stand ich vor einem riesigen Gebäude nahe der Grazer Innenstadt. Es war das Gebäude, das ich gesucht hatte. Ich betrat es, fragte mich durch mehrere Etagen, bis ich vor der Tür stand, an der der Name der zuständigen Sozialarbeiterin zu lesen war. Zaghaft klopfte ich an die Tür. Eine Stimme bat mich einzutreten. Einen Spaltbreit öffnete ich die Tür, steckte meinen Kopf zwischen Türstock und Tür und spähte in den Raum. *Die* Frau, die mir als zuständige Sozialarbeiterin vertraut war, saß etwas links, mit dem Gesicht zur Türe hinter einem Schreibtisch. Sie bat mich einzutreten. Verblüfft über meine Anwesenheit bot sie mir einen Sitzplatz gegenüber ihrem an. Ich nahm ihr Angebot an. Als ich so vor ihr saß, fühlte ich mich einerseits befreit, denn ich war nach wie vor der festen Überzeugung, dass sich nun endlich alles zum Guten wenden würde, andererseits aber schämte ich mich. Ich schämte mich wieder einmal für meine eigene Schwäche, für mein eigenes Versagen und ich schämte mich für meine Unfähigkeit. Ich schämte mich dafür, dass ich so schwach war und jemand anderen um Hilfe bitten musste. Längst schon sah ich mich als vollkommene Versagerin, als ein Mensch, der im Leben nichts gut machen konnte, nichts auf die Reihe brachte.

Die Sozialarbeiterin fragte mich schließlich, was ich auf dem Herzen habe, was der Grund meines Besuches sei. Ich sah sie an und wusste überhaupt nicht, wo ich eigentlich anfangen sollte. Innerlich begann ich augenblicklich so stark zu frieren, als würde meine Pflegemutter vor mir sitzen. Alles, was ich mir auf dem Weg hierher vorgenommen hatte zu sagen, schien plötzlich vergessen.

Nach einer Weile des Schweigens offenbarte ich ihr, dass es mir nicht gut ginge und dass es mir in Wahrheit in dieser Familie nie gut gegangen sei. Ich hätte sie all die Jahre über belogen, weil man es von mir verlangt hatte. Ich setzte sie über die Bestrafungsaktionen meiner Pflegeeltern und über die Spielchen meiner Pflegemutter in Kenntnis. Ich ließ sie wissen, dass mein ganzes Leben nur aus Verzweiflung, Angst, Scham, Wut, Hoffnungslosigkeit bestand und dass mein Leben unter diesen Bedingungen keinen Sinn mehr habe. Um meine Schilderungen zu untermauern, krempelte ich meinen Pullover bis zu den Ellbogen hoch und zeigte ihr die Spuren der letzten „Disziplinierungsmaßnahme". Ich bat sie, eine andere Pflegefamilie oder einen Platz in einem Heim zu organisieren. Sie möge bitte *alles* tun, nur mich bitte nicht wieder dorthin zurückschicken. Die Verblüffung und das Erstaunen über die Vorfälle in meiner Pflegefamilie standen der Sozialarbeiterin ins Gesicht geschrieben – zumindest tat sie so. Sie blätterte in meiner Akte, die sie während meiner Schilderung aus der vorletzten Schublade ihres Schreibtisches entnommen hatte. Mehrmals schüttelte sie den Kopf. Ich hatte Mühe, ihre Reaktionen richtig zu deuten. Ich konnte allerdings auch erkennen, dass sie sich ganz besonders auf einzelne Aktennotizen konzentrierte. Während ich so da saß, schweiften meine Blicke mehrmals durch den Raum. Ich betrachtete die Wände, sah in das mit Ordnern und Akten vollgestopfte Regal und begutachtete ihren Schreibtisch, der für meine Begriffe alles andere als aufgeräumt war.

Aus dem Augenwinkel konnte ich erkennen, wie sie mich beobachtete. Sie begann, Fragen zu stellen. Über mich und über meine Pflegeeltern. Je länger ich dort saß, ihre Fragen beantwortete und ihre Reaktionen verfolgte, umso stärker überkam mich das Gefühl der Unsicherheit. Ich spürte, dass es da etwas gab, wovon ich noch nichts wusste. Etwas, was noch nicht ausgesprochen worden war. Obwohl ich nicht benennen konnte, was mich so beunruhigte, war mir bereits zu diesem Zeitpunkt zum Weinen zumute.

Die Sozialarbeiterin lehnte sich in ihrem Stuhl zurück, stieß einen tiefen Seufzer aus, verschränkte ihre Hände vor der Brust und sah mich an. Sie war bemüht, ihre Worte so behutsam wie möglich zu wählen. Sie versuchte mir klarzumachen, dass es nicht möglich sei, ein 16-jähriges Mädchen in eine neue Pflegefamilie zu geben. Alle Pflege- und Adoptiveltern, die sich um ein Kind bewarben, würden ausschließlich Kleinkinder wollen. Kurzum, ich war für eine neue Pflegefamilie zu alt. Das leuchtete mir soweit auch ein. Aber die nächste „Ohrfeige“, die sie mir verpasste, nicht mehr. Sie sagte mir, dass von jetzt auf gleich keine Einrichtung für mich zur Verfügung stünde, sie mir nicht helfen könne. Mir war, als müsste ich mich jeden Moment übergeben. Und mir war augenblicklich, als hätte man mich soeben schockgefroren. Ich saß vor ihr, schweigend, am Boden zerstört, fassungs- und völlig regungslos. Ausgerechnet diese Frau, die mich überhaupt erst in diese Familie gebracht hatte und die allem ein Ende bereiten könnte, erklärte mir gerade, dass sie mir nicht helfen könne. Wollte oder konnte sie mir nicht helfen? Ich hatte meinen Pulli nach oben gekrempelt, damit sie einen Blick auf das werfen konnte, was man seit Jahren mit mir machte. Auch wenn diese Spuren bereits wieder am Verblassen waren, konnte man leicht erkennen, worauf sie zurückzuführen waren. Längst war ich mit meinen Gedanken abgedriftet. Ich hörte ihr überhaupt nicht mehr zu. Zu sehr war ich in meiner Verzweiflung gefangen. Ich fragte mich die ganze Zeit, was ich nun tun sollte. Diese Frage gab ich schließlich an sie weiter. Die Antwort, die ich daraufhin von ihr bekam, war an Kaltschnäuzigkeit nicht mehr zu überbieten. Eine Antwort, die so dreist und niederschmetternd war, dass sie mir bis an mein Lebensende Wort für Wort in Erinnerung bleiben sollte. „Du hast so lange in dieser Familie durchgehalten, das schaffst du nun auch noch bis zu deiner Volljährigkeit." Ich traute meinen Ohren nicht. Unfassbar, was sie da von sich gab. Mit dieser Aussage setzte sie sich von ganz alleine auf meine „Hassliste" und im Stillen schwor ich ihr bereits zu diesem Zeitpunkt, dass sie mich eines Tages noch mal wiedersehen würde.

Seit meinem dreizehnten Lebensjahr führte ich eine Hassliste. Auf einem DIN-A4-Zettel standen alle jene Namen, deren Besitzern ich nichts mehr Gutes im Leben wünschte. Auf dieser Liste stand an oberster Stelle meine Pflegemutter, gefolgt von meinem Pflegevater, Friederike, Sybille, einigen Nachbarn, Mitschülern, dem Hausarzt. Diesen Zettel hatte ich in einen kleinen Plastiksack gesteckt und ihn tief in der Erde auf einem leer stehenden Grundstück, unweit vom Haus meiner Pflegeeltern, vergraben. Und nun hatte sich auch noch diese Frau, die ich bis dahin noch mochte, dazugesellt.

Das, was mir die Sozialarbeiterin soeben an den Kopf geknallt hatte, war weit mehr, als ich ertragen konnte. Ich erhob mich von meinem Platz, ging zur Tür, und, ehe ich den Raum verließ, sagte ich noch: „Wenn Sie mir in meiner Situation schon nicht helfen können oder wollen, so unterlassen Sie es auch, meine Pflegeeltern darüber in Kenntnis zu setzen, dass ich Sie heute aufgesucht habe." Daraufhin verließ ich ihr Büro. Im Flur, unmittelbar vor dem Aufzug, brach ich in einen nicht mehr endenden Weinkrampf aus. Menschen, die an mir vorübergingen, starrten mich fragend an. Warum schickte sie mich wieder fort? Sie musste meine Verzweiflung doch erkannt haben. Außerdem wusste ich, dass es Notfalleinrichtungen gab. Was war eigentlich ihre Funktion als Sozialarbeiterin? Sollte es nicht in ihrem Interesse liegen, dass es mir gut ging? Bestand ihre Aufgabe nur darin, alle heiligen Zeiten einmal bei meinen Pflegeeltern vorbeizuschauen, um in der Akte einen Vermerk machen zu können, dass sie ihren Pflichten nachkam? Was sollte ich nun tun? Tausend Fragen gingen mir durch den Kopf. Ich wollte nicht wieder dorthin zurück, nie wieder. Ich wollte weg, egal wie weit, egal wohin, einfach nur weg. Aber wie weit würde ich mit meinem bisschen Geld kommen? Und dann? Was sollte ich dann machen? Mich etwa auf die Straße setzen, um mir meinen Lebensunterhalt zu erbetteln? Mein Leben wie ein Lump verbringen, frierend im Winter auf einer Parkbank schlafen? Obwohl, schlimmer als zu Hause konnte das Leben auf der Straße auch nicht sein. Aber wie lange würde es dauern, bis mich die Exekutive aufgriff? Was dann? Sie würden mich der Jugendwohlfahrtsbehörde übergeben und ich würde wieder dorthin verfrachtet werden, wohin mich die Sozialarbeiterin soeben geschickt hatte.

Anstatt an den Ort des Grauens zurückzufahren, schlenderte ich durch die Gassen der Grazer Innenstadt. Ich ging von Geschäft zu Geschäft, um mich irgendwie abzulenken. Ich befand mich aufgrund der Aussage der Sozialarbeiterin in einem wahren Schockzustand, dass ich das, was ich in den Geschäften sah, überhaupt nicht wahrnahm. Ich fühlte mich abgeschoben, allein gelassen, vergessen. Und soeben hatte ich auch noch den allerletzten Funken Vertrauen in die Menschheit verloren.

Völlig niedergeschlagen fuhr ich schlussendlich wieder an jenen Ort zurück, von dem ich Stunden zuvor noch fest angenommen hatte, ihn niemals wieder betreten zu müssen. Der Gedanke, hier die kommenden Jahre verbringen zu müssen, machte mich schaudern.

Im Krankenhaus

Mit dem Fortschreiten der Pubertät bekam ich immer größere Probleme mit meiner Haut. Ich litt sowohl im Gesicht als auch am Rücken unter ausgeprägter Akne, und das phasenweise so stark, dass in meinem Gesicht kaum ein Zentimeter ohne eine entzündete Pustel war. Obwohl ich von meinen Pflegeeltern keine Erlaubnis dazu bekam, wandte ich mich eines Tages an einen Dermatologen. Nach der Begutachtung verordnete mir der Arzt eine eigens für dieses Hautproblem entwickelte Waschemulsion und Creme. In regelmäßigen Abständen sollte ich zur Kontrolle kommen. Für meine Pflegeeltern war mein Hautproblem eine willkommene Gelegenheit, mich weiter zu erniedrigen. Ich war von nun an nicht mehr nur das „Rabenvieh", sondern das „hässliche Rabenvieh". Der Dermatologe hatte bei einem meiner Besuche angemerkt, dass er, sollte es in absehbarer Zeit zu keiner merklichen Besserung kommen, es befürworten würde, mich einer stationären Behandlung zu unterziehen. Diese Aussage nahm ich zum Anlass, damit aufzuhören, mich mit den verordneten Arzneien zu pflegen. Stattdessen drückte ich jeden Tag etwas aus den Tuben heraus und spülte es in der Toilette runter. So fiel nicht auf, dass ich nichts davon verwendete. Wieder einmal hätte ich die Welt umarmen können, als ich bei meinem nächsten Arztbesuch einen Einweisungsschein für die dermatologische Klinik bekam. Zu Hause stieß ich, was nicht verwunderlich war, auf wenig Verständnis. Stattdessen fragte mich meine Pflegemutter, ob ich tatsächlich so vertrottelt sei, zu glauben, dass eine Klinik an meiner hässlichen Visage etwas ändern könne.

Bereits wenige Tage später bekam ich ein Bett in der Klinik. Ich kam in ein Zimmer, in dem ein Mädchen meines Alters mit demselben Problem und eine etwas ältere Frau mit Verbrennungen lagen. Mit Laura schloss ich sofort Freundschaft, und es tat gut, mit jemandem sprechen und auch einmal lachen zu können. Wir beide hatten, was unser Hautproblem betraf, dieselbe Behandlung, und so gingen wir immer Hand in Hand in den zweiten Stock zum Behandlungsraum. Jeder wartete auf den anderen, bis er fertig war, damit wir wieder Hand in Hand in unser Zimmer gehen konnten.

Bei der allgemeinen Untersuchung am Aufnahmetag entdeckten Ärzte ein etwas größeres, verdächtiges Muttermal an meinem linken Oberschenkel. Am darauf folgenden Tag bei der Visite entschieden sich die Ärzte, dieses Muttermal sicherheitshalber zu entfernen. Als ich das hörte, war mir schon wieder nach Luftsprüngen, denn ich ging davon aus, dass dies ein größerer Eingriff sei und mir das weitere Tage im Krankenhaus sichern würde. Die Freude darüber währte aber nicht lange. Am Tag nach der freudigen Verkündung entnahm man dieses Muttermal während einer Lokalanästhesie in wenigen Minuten. Wäre mein Hautproblem nicht gewesen, hätte ich unmittelbar nach diesem Eingriff nach Hause gehen können.

Ich beneidete Laura um ihre Eltern. Sie kamen sie täglich besuchen, umarmten sie liebevoll und brachten ihr immer frisches Obst und Süßigkeiten mit. Meine Pflegeeltern kamen die ganze Zeit über nicht ein einziges Mal. Als Lauras Mutter eines Nachmittags kam und mir dieselben Süßigkeiten und dasselbe Obst überreichte, wie zuvor Laura, fing ich um ein Haar an zu weinen. „Du hast auch bestimmt Wäsche zu waschen", meinte sie außerdem noch. Ich schämte mich so sehr, dass ich sie sofort beschwichtigte und meinte, dass ich genug Kleidung mithabe und die Sachen, die ich bis dahin getragen hatte, bereits mit der Hand im Badezimmer gewaschen habe. Ich hätte daher nichts zu waschen, meinte ich. Dass ich meine Kleidung im Badezimmer wusch, entsprach auch der Wahrheit, aber nicht, dass ich ohnehin genug mit hatte. Ganz im Gegenteil, die wenigen Klamotten, die ich besaß, reichten nicht einmal für eine Woche. Wie selbstverständlich luden mich Lauras Eltern immer wieder auf Getränke und Eis in die Krankenhauskantine ein. Jedes Mal, wenn ich ablehnte, versuchten sie gemeinsam mich zu überreden mitzukommen. Ließ ich mich überreden, fühlte ich mich schlecht, denn ihre Eltern bezahlten für mich wie selbstverständlich, und ich konnte ihnen, außer einem „Danke", nichts zurückgeben. Lauras Eltern waren so unbeschreiblich nett zu mir, dass ich mir in meinen Träumen vorstellte, sie als Eltern zu haben. Oftmals saßen wir im Besucherraum und spielten „Mensch ärgere dich nicht", „Halma" oder „Dame". Sie gaben mir das

Gefühl, als Mensch etwas wert zu sein und ein Mensch zu sein, den man auch lieb gewinnen konnte. Für sie war ich kein schlimmes Mädchen, das nicht verdiente, geliebt zu werden.

Als Laura entlassen wurde, fühlte ich mich miserabel. Mir fehlten unsere Gespräche und mir fehlte die Zuwendung ihrer Eltern. Ich nahm mir vor, bei Lauras Abschied tapfer zu sein und nicht zu weinen. Doch als Lauras Mutter mich in den Arm nahm, kämpfte ich gegen meine Tränen vergebens an. Sie war so warm, und ich wünschte mir in diesem Moment, sie ließe mich nie wieder los. Ich zuckte kurz zusammen, als sie mir mit den Händen ins Gesicht fuhr, um die Tränen wegzuwischen. Danach ließ sie mich los. Binnen weniger Sekunden war ich wieder in der Realität – Einsamkeit und Leere waren damit zurückgekehrt. Wir tauschten Adressen und Telefonnummern aus, und ihre Eltern boten mir sogar an, sie jederzeit besuchen zu dürfen.

Zweieinhalb Wochen später konnte man auch bei meinem Hautbild erste Anzeichen von Besserung erkennen. Jeder hätte sich darüber gefreut, ich war indes todtraurig, denn das hieß, dass sie mich bald aus dem Krankenhaus entlassen würden. Auch meine Wundheilung am Oberschenkel verlief komplikationslos.

Die Abende ohne Laura waren langweilig. Zwar schenkte mir Laura beim Abschied ihre Bravo-Hefte der letzten Wochen, da ich aber nicht immer Lust auf Lesen hatte, ging ich abends oftmals im Gang auf und ab spazieren. Eines Abends, als ich wieder im Gang unterwegs war, sah ich einen alleinstehenden Reinigungswagen. Die Reinigungsfrau war gerade im Schwesternzimmer und plauderte mit der Krankenschwester. Im Gang befand sich zu diesem Zeitpunkt niemand anderes außer mir. Ich ging zu diesem Reinigungswagen, stellte mich neben ihn und musterte so unauffällig wie möglich die darauf stehenden Reinigungsmittel. Der Großteil dieser Mittel schien harmlos zu sein, eines jedoch stach mir ins Auge. Es war, im Gegensatz zu den anderen, fest verschlossen und machte aufgrund eines knallorangefarbigen Warnzeichens den Eindruck, von den Inhaltsstoffen gefährlicher zu sein als die anderen. Ohne lange zu überlegen schnappte ich es mir, steckte es in den Bund meiner Hose, zog mein T-Shirt weit nach unten und eilte mit schnellen Schritten ins Zimmer. Ich legte mich ins Bett, zog die Bettdecke weit genug hoch und begutachtete unter der Decke dieses kleine weiße Fläschchen. Das, was darauf zu lesen war, war nicht gerade aufschlussreich, aber dem Geruch nach zu urteilen, musste der Inhalt ätzend sein. Ich steckte das Fläschchen zurück in den Bund meiner Hose, verließ wenig später das Zimmer und eilte zur Toilette. Ich sperrte mich in der Toilette ein, riss einige Blätter vom Toilettenpapier ab und träufelte die Flüssigkeit darauf. Anschließend setzte ich mich auf die Toilettenschüssel, schob meinen Verband am Oberschenkel zurück und legte das mit Flüssigkeit getränkte Toilettenpapier auf meine Operationswunde. Hätte ich noch ein normales Schmerzempfinden gehabt, wäre ich vor Schmerz wahrscheinlich an die Decke gegangen. Aber meinen Pflegeltern war es nun mal „zu verdanken", dass ich nach all den Jahren der Misshandlungen für körperliche Schmerzen nahezu schon unempfindlich war. Ich drückte das getränkte Toilettenpapier ein paar Mal fest auf meine Wunde, ehe ich es in der Toilette runterspülte. Ich schob den Verband über meinen Oberschenkel, steckte das Fläschchen wieder in die Hose und ging zurück in mein Zimmer. Ich legte mich in mein Bett, kuschelte mich in die Decke und war voller Freude darüber, dass sich ganz spontan eine Möglichkeit aufgetan hatte, die mir vermutlich dazu verhelfen würde, nicht so schnell nach Hause zu müssen. Ich wiederholte diesen Vorgang mit dem getränkten Toilettenpapier so oft, bis ich einigermaßen sichergehen konnte, dass man mich mit dieser hässlichen Wunde, die sich bereits gebildet hatte, nicht nach Hause schicken würde. Als Tage darauf während der Visite die Rede davon war, mich nach Hause zu entlassen, meinte ich, dass mir meine Narbe am Oberschenkel weh täte. Seit dem Eingriff war mein Verband nicht gewechselt worden. Im Zuge der Entlassung würde aber nun ein neuer angelegt werden, wie man meinte. Die Krankenschwester verließ kurz das Zimmer und kam einige Minuten darauf mit Schere, Tupfer, Desinfektionsspray und frischem Verbandmaterial zurück. Einer der Mediziner zog sich Handschuhe über und schnitt den Verband auf. Die, die um das Bett herum standen, glaubten ihren

Augen nicht zu trauen, als sie sahen, dass die Wunde um ein Vielfaches größer war als ursprünglich und dass sich rund um sie ein abscheulich aussehender, bläulich-schwarzer Film gebildet hatte, was auf den ersten Blick so aussah, als wäre meine Haut an dieser Stelle abgefault. Von Nachhausegehen war also keine Rede mehr. Die Sonne ging in diesem Moment für mich auf. Am liebsten hätte ich einen Satz aus dem Bett gemacht und hätte vor Freude alle umarmt.

In den darauffolgenden Tagen schickte man mich von einer Untersuchung zur nächsten. Da manche Untersuchungsergebnisse erst Tage später zu erwarten waren, hatte ich somit an Zeit gewonnen. Jeder Tag im Krankenhaus war ein Gewinn. Was ich allerdings nicht wollte, war, dass ich eines Tages für Studenten und angehende Ärzte im Hörsaal zur Schau gestellt wurde. Ich stand dort wie vor einer Schulklasse. Von meiner Wunde wurden Fotos gemacht, einige Studenten sollten eine Diagnose abgeben. Wenn ich etwas nicht wollte, dann war es Aufmerksamkeit. Ich wollte in Ruhe gelassen werden – nichts anderes. Ich wollte mit meiner mir selbst zugefügten Verletzung, oder besser gesagt Verätzung, lediglich noch einige Tage Krankenhausaufenthalt rausschinden und in Ruhe jeden dazugewonnenen Tag genießen.

Die Untersuchungsergebnisse brachten zum Glück keine nennenswerten Ergebnisse, und deshalb ging ich auch davon aus, dass mein Selbstverstümmelungsversuch nicht auffliegen würde. Ich hatte schon einige zusätzliche Tage im Krankenhaus rausgeschunden, als mich der Stationsarzt eines Tages nach der Visite in den Behandlungsraum rief. Er bat mich, mich auf die Behandlungsliege zu legen und meinen Oberschenkel freizumachen. Ich mochte diesen Arzt. Er war jüngeren Alters, war immer sehr nett zu mir und hatte zudem eine sehr ruhige Art, die wie Balsam für meine Seele war. Während des Verbandwechsels plauderte er mit mir über alles Mögliche. Er brachte mich das eine oder andere Mal sogar zum Lachen. Ich dachte, dass ich danach gehen könnte, aber da irrte ich. Während ich mich aufsetzte und anzog, nahm er in seinem Stuhl Platz. Ich wollte mich gerade verabschieden, als er mich bat, noch einen kurzen Augenblick zu warten. Ich setzte mich wieder auf die Liege und sah ihn fragend an. „Ist bei dir Hause alles in Ordnung?", fragte er mich. Mit einer solchen Frage hatte ich nicht gerechnet. Und eine Antwort sollte ich im besten Fall nun auch noch geben. Was sollte ich sagen? Ich hatte bereits jegliches Vertrauen in die Menschheit verloren. Selbst die Sozialarbeiterin, die mir, wenn sie gewollt hätte, sofort hätte helfen können, hatte nichts unternommen. Also warum sollte sich ausgerechnet jetzt etwas verbessern, wenn ich mich diesem Arzt anvertrauen würde? Ich mochte ihn zwar, aber das änderte nichts an meiner Überzeugung, dass mir letzten Endes doch wieder niemand helfen würde. „Es gefällt mir bei meinen Pflegeeltern", gab ich schließlich als Antwort und senkte schnell meinen Kopf, damit er nicht an meinen Augen ablesen konnte, dass das nicht der Wahrheit entsprach. Ich saß auf dieser Liege, baumelte mit den Beinen nervös auf und ab, und konnte mit leicht nach oben schielendem Blick sehen, wie er mich beobachtete. Ich konnte förmlich spüren, dass er mir meine Antwort nicht abkaufte. Im Raum war es so still geworden, dass man eine Stecknadel hätte fallen hören können. Diese Stille in Verbindung mit seiner Beobachtung machte mich verrückt, und ich hoffte mit jeder Sekunde, er würde mich entlassen. „Ich habe deine Pflegeeltern nicht einmal in diesen Wochen gesehen“, meinte er. „Ich weiß. Sie haben viel zu tun und deshalb keine Zeit, um mich zu besuchen, aber das macht mir nichts“, gab ich wie aus der Pistole geschossen als Antwort. „Deine Wundheilung ist uns ein Rätsel. Kann es sein, dass du für diesen Zustand selbst verantwortlich bist?“ Ich erstarrte. Ich wusste nicht, ob ich wegrennen oder hoffen sollte, dass sich der Boden unter mir auftut. Er hatte mich erwischt. Und nun? Was sollte ich sagen? Es zugeben? Was würde dann mit mir passieren? Welche Strafe würde mich erwarten? Würde mich das Krankenhaus wegen Diebstahls anzeigen? Schließlich hatte ich die Flasche mit diesem ätzenden Zeug entwendet. Sie würden meine Pflegeeltern verständigen und würden ihnen sagen, dass ich eine Diebin sei, dass ich mich an Krankenhauseigentum vergriffen hätte. Meine Pflegeeltern würden sich die Hände reiben, denn endlich hätten sie die Bestätigung dafür, dass das Kind unfähiger, nichtsnutziger Eltern auch einmal unfähig und nichtsnutzig werden würde. Ich hatte Angst, schreckliche

Angst. „Ich würde mich nie selbst verletzen“, gab ich demnach als Antwort und senkte meinen Blick schnell wieder nach unten. Aufgrund meines Verhaltens war es für ihn ein Leichtes zu erkennen, dass natürlich auch das gelogen war. „Was ist mit deinen Narben am Körper und mit deiner Wunde am Kopf? Wie sind die zustande gekommen?“ Warum konnte er mich nicht einfach in Ruhe lassen, dachte ich. Ich wollte nicht Rede und Antwort stehen. Es konnte mir ohnehin niemand helfen. Meine Wunde am Kopf verdeckte ich so gut es ging mit meinen Haaren. Sie war noch relativ frisch und war die Folge davon, dass ich einige Tage vor meinem Krankenhausaufenthalt vor den Schlägen davongelaufen war, bei der Vorzimmerstiege ausgerutscht und mit dem Hinterkopf auf die Kante der Steinfliesen gefallen war. Als Grund für meine Narben gab ich an, dass ich schon immer sehr tollpatschig gewesen sei und mir beim Spielen immer wieder Verletzungen zugezogen hätte. Seinem Gesichtsausdruck konnte ich entnehmen, dass er mir nichts, aber rein gar nichts von alldem, was ich ihm auftischte, abkaufte. Er ließ es sich nicht nehmen, immer weiter nachzubohren, und ich hatte zunehmend Mühe, mich nicht in meinen Ausreden zu verstricken. Meine „Heile-Welt-Fassade“ begann langsam zu bröckeln. Auf seine weiteren Fragen gab ich deshalb keine Antworten mehr. Ich schwieg wie ein Grab. Abermals verstrichen Momente beiderseitigen Schweigens. Um mich endlich aus dieser misslichen Lage zu befreien, sagte ich mehrmals hintereinander: „Es ist bei mir zu

Hause alles in Ordnung. Ich fühle mich bei meinen Pflegeeltern gut aufgehoben. Wirklich!“ Danach gab er auf. Es schien ihm klargeworden zu sein, dass aus mir nichts rauszubringen war.

Zwei Tage nach dem Gespräch mit dem Stationsarzt wurde ich nach Hause entlassen. Zumindest hatte ich mir mit meinem Selbstverstümmelungsversuch weitere acht Tage Misshandlungen erspart. Die Narbe, die mir davon blieb, werde ich, wie alle anderen Narben auch, den Rest meines Lebens tragen.

Das Treffen

Die zuständige Sozialarbeiterin ließ sich seit meinem Besuch bei ihr kein einziges Mal mehr bei uns zu Hause blicken – zumindest habe *ich* sie nie mehr zu Gesicht bekommen. Von meiner Volljährigkeit trennten mich nur noch wenige Monate. Tage, an denen es keine Demütigungen und Misshandlungen gab, waren nach wie vor äußerst rar. Folglich konnte ich es kaum noch erwarten, in wenigen Monaten diesen schrecklichen Ort ein für alle Mal hinter mich lassen zu können. An meinen freien Tagen, an denen ich weder Schule hatte noch arbeiten musste, fuhr ich nach Graz, um mir Wohnungen anzusehen. Zu Hause log ich dann jedes Mal, da ich nicht wollte, dass jemand etwas von meinem Vorhaben bemerkte und mir einen Strich durch die Rechnung machen konnte. Eine Bleibe zu finden, die ich mit meinem kleinen Geldbeutel auch finanzieren könnte, war alles andere als einfach. Ich sah mir unzählige freie Wohnungen an, aber keine davon war für mich nur annähernd erschwinglich. Doch irgendwann klappte es schließlich mit einer kleinen Einzimmerwohnung inmitten von Graz. Eine Wohnung mit gerade einmal fünfundzwanzig Quadratmetern, die aus einer Kochnische, Dusche und einem kleinen Zimmer bestand. Die Toilette war im Gang, ich musste sie mit zwei älteren Damen teilen, was mich aber in keiner Weise störte. Das zweistöckige Haus war mehr als nur renovierungsbedürftig. Nicht nur von außen machte es einen völlig heruntergekommenen Eindruck. Die Wohnung stand seit Langem leer, da sich unter diesen Bedingungen kein Nachmieter finden ließ. Alle anderen Wohnungen waren ausschließlich von alten Leuten bewohnt, die nicht mehr willens waren, sich in ihrem fortgeschrittenen Alter noch eine neue Bleibe zu suchen. Die monatlichen Mietkosten waren aufgrund des desolaten Zustands sehr niedrig. Mich störte all dies nicht, denn für mich war schließlich *alles* besser als das, was ich in den letzten eineinhalb Jahrzehnten durchlebt hatte.

Lange Zeit nahm ich mir vor, meinen Pflegeeltern bei meinem Fortgehen an den Kopf zu werfen, wie sehr ich sie verabscheute und dass ich ihnen *alles* wünschte, *nur kein* erfülltes Leben. Das wäre mir sogar noch ein letztes Mal die schlimmsten Grausamkeiten wert gewesen. Doch am Ende ließ ich es bleiben, weil selbst Hass zu wenig Ausdruck für das war,, was ich für sie empfand.

Draußen war es noch dunkel, als mein Wecker läutete. Ich nahm die Taschen und kleinen Plastiksäcke, in die ich am Abend zuvor meine Kleidung und die wenigen Habseligkeiten, die ich besaß, hineingestopft hatte, und schlich mich aus dem Haus. Vollbepackt ging ich zur nächsten Bushaltestelle und rief mir von der Telefonzelle dort aus ein Taxi. Während ich auf das Taxi wartete, betrachtete ich von Weitem das Haus, in dem ich meiner Kindheit beraubt worden war und wo man aus mir einen seelischen Krüppel gemacht hatte.

Abermals kam grenzenloser Hass in mir hoch, und ich stellte mir vor, wie es wäre, dieses Haus mitsamt seinen Besitzern abzufackeln. Im Geiste sah ich das Haus lichterloh in Flammen aufgehen. Ich sah meine Pflegeeltern um Hilfe schreiend im Haus umherlaufen und wie sie, um der Flammenhölle zu entkommen, gegen Fensterscheiben und Türen hämmerten. Doch die Chance zu fliehen, die nahm ich ihnen, denn ich schloss alle Fenster und Türen und verbarrikadierte sie zusätzlich mit allen möglichen Gegenständen. Ich sperrte sie ein, so, wie sie es mit mir getan hatten.

Der Taxifahrer, ein junger, gut aussehender Mann kam und unterbrach meine Gedanken. Er brachte mich in mein neues Zuhause und half mir, das Gepäck in die Wohnung zu tragen. Ich hatte alles perfekt organisiert. Darauf war ich wirklich stolz, denn schließlich musste ich alles in geheimer Mission erledigen. Der Strom, den ich wenige Tage zuvor angemeldet hatte, war bereits an und auch mein Telefon war früher als gedacht angeschlossen. Alles, was noch fehlte, war mein Sofa, das mir in den nächsten Tagen von der Möbelfirma zugestellt werden sollte. Bis dahin schlief ich einfach auf dem Fußboden. Kaum war der Taxifahrer gegangen, ließ ich mich auf dem Fußboden nieder. Ich legte mich auf den Rücken, streckte Arme und Beine weit ab und schloss dabei meine Augen. Dieser Moment, er war so wunderschön. Ich fühlte mich wie der glücklichste Mensch auf Gottes Erden. Die Welt hätte ich umarmen können. Die jahrelangen

Quälereien gehörten endlich der Vergangenheit an. Tränen begannen über meine Wangen zu laufen. Es waren Tränen der Erleichterung. „Du hast es geschafft … du hast überlebt", sagte ich mir unzählige Male. So fühlte sich also Freiheit an. Unfassbar schön. Ich konnte es kaum glauben. Ich war frei, einfach frei!

Einige Monate später. Ich hatte mich in meinem neuen Zuhause schon recht gut eingelebt und war gerade aufgestanden, da läutete das Telefon. Am anderen Ende der Leitung war meine Pflegemutter. Seitdem ich von zu Hause weggegangen war, hatte ich zum Glück nichts mehr von ihr oder den anderen Familienmitgliedern gehört oder gesehen. Mir gefror fast das Blut in den Adern, als ich ihre Stimme hörte. Sie musste wohl ahnen, dass ich auflegen würde, und so bat sie mich gleich zu Beginn, es nicht zu tun. Ich kam ihrer Bitte nach und hörte mir an, was sie zu sagen hatte. Es verwunderte mich, dass sie so außergewöhnlich nett zu mir war. Sie fragte mich, wie es mir denn ginge, ob ich mich schon eingelebt habe und womit ich mein Geld verdiene. Sie schien sich für mich und mein Leben richtiggehend zu interessieren – dafür fand ich keine Worte. Und erst recht keine, als sie sagte, dass sie mich in den nächsten Tagen gerne auf einen Kaffee einladen wolle. In mir überschlugen sich Gedanken und Fragen. Würde sie nun endlich Reue zeigen? Würde sie jetzt versuchen, alles wieder gutzumachen? Würde sie sich entschuldigen und eingestehen, dass sie mich all die Jahre wie Dreck behandelt hatten? Auf meine Frage, warum sie mich denn treffen wolle, antwortete sie lediglich, dass sie mit mir etwas zu besprechen hätte und es ihr ein Anliegen sei, dies in einem persönlichen Gespräch zu tun. Im Glauben, dass sie mir zeigen und sagen wolle, wie leid ihr nachträglich alles tue, willigte ich ein.

Wenige Tage nach diesem Telefonat trafen wir uns in einem Kaffeehaus. Sie umarmte mich zur Begrüßung, und zu meiner noch größeren Verwunderung bekam auf jede Wange auch noch einen Kuss. Sie war so unbeschreiblich freundlich zu mir, wie ich es bislang nur gegenüber ihren beiden Töchtern kannte. Wie schon bei unserer telefonischen Unterhaltung wenige Tage davor, tat sie, was mich und mein Leben betraf, sehr interessiert. Wir saßen bereits eine ganze Weile am Tisch, als sie schließlich das Thema wechselte und zu erzählen begann. Sie erzählte mir, dass sie vor wenigen Tagen Post vom Finanzamt bekommen habe. Der Inhalt dieses Schreibens sei ein Bescheid, der sie dazu aufforderte, das über Jahre hinweg zu viel erhaltene Pflegegeld zurückzuzahlen. Durch das Erreichen meiner Volljährigkeit kam es seitens des Finanzamtes zu einer Endabrechnung und dabei wurde festgestellt, dass meine Pflegeeltern über all die Jahre zu viel ausbezahlt bekommen hatten, wie sie meinte. Eine erhebliche Summe an Rückzahlung sei nun die Folge, fügte sie hinzu. Ich ahnte, welche Frage auf mich zukam. Mein Verdacht bestätigte sich nur wenige Minuten später. Sie fragte mich, ob ich ihr dieses Geld nicht borgen könne. Abermals überschlugen sich in meinem Kopf Gedanken und Fragen. Warum kam sie ausgerechnet zu mir? Diese Frau, die mich in all den Jahren nur Hass spüren gelassen und die meine Seele und meinen Körper bis aufs Blut gepeinigt hatte, bat *mich* um Geld? Das wenige Geld, das ich verdiente, reichte gerade einmal für Miete, Strom und um mich so halbwegs über die Runden zu bringen. Mit diesen Tatsachen konfrontierte ich sie. Daraufhin meinte sie, dass sie wisse, dass ich kein Bargeld habe, und bat mich deshalb darum, in meinem Namen ein Darlehen aufzunehmen. Ich könne das Darlehen bei ihrer Bank beantragen, denn den Bankberater kenne sie schon viele Jahre, was die Sache sicher leichter mache, wie sie meinte. Um die Rückzahlung brauche ich mir keinerlei Gedanken machen, denn das würde selbstverständlich sie tun. Auf meine Frage, warum sie nicht zu ihrem Mann ginge, bekam ich als Antwort, dass er von diesem Bescheid nichts wisse und wenn er rausfände, es Krach gäbe. Ich sagte nicht zu, meinte aber, dass ich einige Tage Bedenkzeit brauche. Damit war unser Gespräch auch weitgehend beendet.

Es verging kaum ein Tag, an dem sie mich nicht anrief, sich nach meinem Befinden erkundigte und mich fragte, ob ich es mir schon überlegt hätte. Ich war hin- und hergerissen. Einerseits hasste ich diese Frau so abgrundtief, andererseits zeigte sie mir jetzt aber auch, dass sie sich um mich sorgte und ausgesprochen lieb zu mir sein konnte.

Ich glaubte ihr, dass ihr im Nachhinein alles leidtue, und willigte ein. So saßen wir wenige Tage nach meiner Zusage im Büro des Bankberaters und suchten um ein Darlehen an. Aufgrund meines geringen Einkommens war es aber alles andere als einfach, ein Darlehen zu erhalten, und erst recht in dieser Höhe. Meine Pflegemutter bat mich, niemanden davon in Kenntnis zu setzen, dass ich für sie um ein Darlehen ansuchte, und so gab ich gegenüber dem Bankberater als Grund für diesen Kreditwunsch an, dass ich die Fenster in meiner Wohnung dringend erneuern lassen müsse. Der Bankberater war von meinem Kreditwunsch alles andere als begeistert. Man musste schließlich auch kein Rechengenie sein, um feststellen zu können, dass ich selbst bei niedrigster Rückzahlungsrate das Ganze kaum finanzieren konnte. Meine Pflegemutter beteuerte gegenüber ihrem langjährigen Bankberater mehrmals, dass, sollte ich nicht in der Lage sein, meinen monatlichen Verpflichtungen nachzukommen, sie für mich einspringen würde. Als Bürge kam sie für die Bank jedoch nicht in Frage, da hierfür ihr Einkommen zu niedrig war. Ihr war das mehr als recht, denn schließlich durfte ja niemand davon wissen. Die Bank räumte sich Bedenkzeit ein.

Einige Tage nach unserem Besuch bei der Bank klingelte mein Telefon. Der Bankberater überbrachte mir die „freudige" Nachricht, dass mein Ansuchen um ein Darlehen positiv erledigt werden könne, sofern ich damit einverstanden sei, eine Versicherung abzuschließen und ein Gehaltskonto bei ihnen zu eröffnen. Ich bräuchte für die Formalitäten nur vorbeikommen.

Bereits am Tag darauf saß ich mit meiner Pflegemutter in der Bank und unterzeichnete den Darlehensvertrag. Um die Rückzahlung machte ich mir tatsächlich kaum Gedanken, da meine Pflegemutter mir in den vorangegangenen Gesprächen immer wieder versichert hatte, dass selbstverständlich sie für das gesamte Darlehen aufkommen und die monatlichen Raten an die Bank überweisen werde. Ich gab ihr eine Chance und vertraute ihren Worten. Die Formalitäten waren soweit erledigt. Da ich, wie ich meinte, die Fensterfirma in bar zahlen müsste, händigte mir die Frau am Schalter den gesamten Kreditbetrag aus. Ehe wir die Bank verließen, übergab ich meiner Pflegemutter noch im Foyer das ganze Bündel Geld, das die Schalterdame in eine Papiertüte gesteckt hatte. Meine Pflegemutter bedankte sich dafür und versicherte mir ein weiteres Mal, dass ich mich nicht um die Rückzahlung kümmern müsse.

Es vergingen Tage, Wochen, in denen ich nichts von meiner Pflegemutter hörte. Kein Anruf mehr, wie es mir ginge. Nichts! Es kränkte mich zutiefst, aber wenigstens würde sie Wort halten und die Raten an die Bank überweisen, dachte ich.

Drei Monate später. Ich hatte seit Langem wieder einmal einen freien Tag, an dem ich eigentlich vorhatte, mal so richtig auszuschlafen. Doch schon am frühen Vormittag läutete es an meiner Wohnungstür. Im Halbschlaf ging ich zur Tür und sah durch den Türspion. Es war der Briefträger. Ich öffnete ihm. Er überreichte mir einen eingeschriebenen Brief, dessen Empfang ich quittieren musste. Der Absender ließ nichts Gutes erahnen. Ich setzte mich auf den Plastikstuhl in der Küche und öffnete den Brief. Ich war schlagartig munter, als ich las, dass ich bereits mit zwei Kreditraten im Verzug sei. In dem Schreiben wurde ich aufgefordert, den Rückstand umgehend zur Einzahlung zu bringen. Da ich aufgrund der Zahlungszusage meiner Pflegemutter keinen automatischen Zahlungsauftrag von meinem Gehaltskonto eingerichtet hatte, war mir der Rückstand auf meinem Darlehenskonto demnach auch nicht aufgefallen. Ich fiel aus allen Wolken. Ich sprang von meinem Sessel, griff zum Telefonhörer und rief meine Pflegemutter an. Von ihrem fürsorglichen und freundlichen Verhalten war nicht mehr viel übrig geblieben. Ich spürte ihre Ablehnung, sie versuchte zu beschwichtigen und mich mit einem „es tut mir leid, es war mir bisher finanziell nicht möglich“ abzuspeisen. Ich bat sie inständig darum, nun nicht wortbrüchig zu werden. Doch zu meinem Entsetzen fragte sie mich dann auch noch, ob ich nicht die beiden ausständigen und auch zukünftigen Raten in der Zwischenzeit begleichen könnte. Ich war wütend, furchtbar wütend auf sie, und ich war verzweifelt, denn das Darlehen lief nun mal auf meinen Namen, und ich hatte keine andere Wahl, als die Zahlungen zu übernehmen. Wie ich das anstellen sollte? Ich wusste es nicht. Mir war klar, dass ich damit finanziell an meine Grenzen stoßen würde.

Um den Zahlungsverpflichtungen schließlich nachkommen zu können, musste ich mich neben Job und Schule auch noch um einen Zweitjob umsehen. Immer und immer wieder rief ich meine Pflegemutter an, um sie daran zu erinnern, ihren Verpflichtungen nachzukommen, aber sie schien sich immer weniger an unsere Vereinbarung zu erinnern. In den folgenden Monaten hörte ich von ihr so gut wie nichts mehr. Sie rief mich weder an noch überwies sie Geld.

Es war genau drei Tage vor Heiligabend, als ich sie erneut telefonisch kontaktierte. Sie war wie in den vergangenen Gesprächen schon unüberhörbar angewidert und barsch. Ich versuchte mich zu beherrschen, indem ich, so gut es mir in dieser Situation möglich war, ruhig und höflich blieb, weil ich wusste, dass ich anders nicht die geringste Chance hatte, an mein Geld zu kommen. Doch das Gespräch entwickelte sich in eine ganz andere Richtung. Noch ehe ich mit meiner Bitte an sie herantreten konnte, keifte sie ins Telefon: „Ich schulde dir nichts! Du hast uns die ganzen Jahre ohnedies mehr als genug gekostet. Ruf nicht mehr an!" Ehe ich eine Antwort geben konnte, legte sie auf. Binnen weniger Sekunden füllten sich meine Augen mit Tränen. Am Boden zerstört sank ich auf mein Sofa. Ich war doch tatsächlich so naiv gewesen zu glauben, dass sie es ehrlich meinen könnte. Ich hatte dieser Hexe eine Chance gegeben, obwohl sie alles andere als diese verdient hatte. Hatte ich wirklich gedacht, mit Hilfe des Darlehens endlich geliebt zu werden? Mein Gott, wie grenzdämlich war ich eigentlich. Hatte ich nicht schon aus den Erfahrungen mit Friederike genug gelernt? Es schien, als sei ich in dieser Sache unbelehrbar. Friederike war notorisch pleite. Das Geld, das sie verdiente, und das Geld, das sie mit ihrer Witwenpension bekam, schleuderte sie immer wieder regelrecht aus dem Fenster. Sie kleidete sich immer in der aktuellsten Mode, ging mehrere Tage in der Woche auf Partys und Feste und verpulverte dort ihr ganzes Geld. Geld, das ihr für die Verpflegung ihrer Kinder infolgedessen fehlte. Deshalb kam sie nur allzu oft zu ihrer Mutter und lieh sich Geld. Hatte meine Pflegemutter gerade nicht genug Geld bei sich, kamen die beiden folglich zu mir. In solch einem Moment standen beide mit freundlichem Gesichtsausdruck vor mir und baten mich liebevoll um Geld, welches ich selbstverständlich in Kürze zurückbekommen würde. Das Wenige, das ich während meiner Ausbildungszeit verdiente, versuchte ich zu sparen. Selbst gönnte ich mir rein gar nichts. Und doch borgte ich Friederike jedes einzelne Mal etwas. Und das aus einem einzigen Grund. Der Grund war, dass ich aufgrund meiner Großzügigkeit in den darauffolgenden Tagen menschlich behandelt wurde, was bedeutete, dass ich keinerlei Misshandlungen, in welcher Form auch immer, zu befürchten hatte. Mit meinem Entgegenkommen schuf ich mir somit eine Pause von Misshandlungen aller Art. Jeden einzelnen dieser Tage genoss ich in vollen Zügen, denn ich wusste, dass mir diese Menschlichkeit nicht lange vergönnt war. Um zumindest ein paar Tage im Monat Pause von den Quälereien zu haben, fasste ich daher irgendwann den Entschluss, mein sauer verdientes Geld Monat für Monat freiwillig anzubieten. Ich ging damit zu meiner Pflegemutter, streckte es ihr entgegen und fragte sie, ob sie oder Friederike Geld bräuchten. Meine Pflegemutter nahm es jedes Mal „dankend", und ich war froh, mich ein paar Tage wieder als Mensch fühlen zu dürfen. Dies war ein Geben und Nehmen der besonderen Art. Ich bezahlte schlicht und einfach für ein menschenwürdiges Leben.

Obwohl ich nach meinem Auszug keine Misshandlungen meiner Pflegeeltern mehr zu befürchten hatte, hatte ich wieder denselben Fehler begangen, indem ich meiner Pflegemutter dieses Geld gegeben hatte. Es war zu spät. Ich saß auf einem Schuldenberg und brauchte schnell eine Lösung. Ich suchte mir deshalb eine weitere Arbeitsstelle. Wenn ich nicht gerade die Schulbank drückte, arbeitete ich. Vom frühen Morgen bis in die Mittagsstunden als Kellnerin im Grazer Bahnhofsrestaurant, danach als Warensortiererin in einer Boutique in der Innenstadt und anschließend ging ich in die Schule. Durch meinen Zweitjob bekam ich es gerade so auf die Reihe, die Raten bei der Bank zu begleichen. Geld für mich und meine Bedürfnisse blieb dabei keines mehr übrig. Sehr oft dachte ich daran, meine Pflegemutter zu verklagen. Allerdings musste ich keinen Anwalt zurate ziehen, um zu wissen, dass meine Chancen, einen solchen Prozess für mich zu entscheiden, aufgrund mangelnder Beweise gleich null gewesen wären. Ich beschloss daher sie anzurufen und ihr zu drohen, alles auffliegen zu lassen. Das war die einzige Chance, die ich noch sah. In der Zwischenzeit war mir auch der Verdacht gekommen, dass sie dieses Geld sicher nicht für eine Rückzahlung an das Finanzamt benötigt hatte. Ich war fast davon überzeugt, dass es für Friederike oder wen auch immer gedacht gewesen war. Warum sonst durfte niemand davon wissen? Warum hatte ich mir dieses angebliche Schriftstück nicht einfach vorlegen lassen? Ich stünde nun nicht vor einem finanziellen Desaster.

Ich wusste, wie nervös ich bei dem Gespräch mit meiner Pflegemutter sein würde, und so schrieb ich im Vorhinein alles, was ich ihr sagen wollte, auf ein Blatt Papier. Ich nahm mir vor, sie erst gar nicht zu Wort kommen zu lassen. Ein Versuch war es allemal wert.

Mir schlug das Herz wieder einmal bis zum Hals, als ich eines Nachmittags das Blatt Papier in die Hand nahm, zum Telefonhörer griff und ihre Nummer wählte. Als sie abhob, ließ ich ihr keine Möglichkeit, etwas zu sagen. Ohne Pause „ratschte" ich alles runter, was auf dem Blatt Papier stand. Ich setzte ihr ein Ultimatum. Sollte ich innerhalb der genannten Frist nicht zu meinem gesamten Geld kommen, oder begänne sie zumindest nicht, die monatlichen Raten an die Bank zu überweisen, würde ich alle davon in Kenntnis setzen und außerdem in Betracht ziehen, sie zu verklagen. Danach legte ich einfach auf. Unmittelbar nachdem ich aufgelegt hatte, überkam mich das schlechte Gewissen. Woher sollte sie das Geld nehmen? Es war nicht fair von mir, dass ich so mit ihr umgesprungen war, dachte ich. Auch wenn das Geld nicht für das Finanzamt gedacht gewesen war, ich hatte sie doch, wie meine Pflegemutter es mir am Telefon vorgehalten hatte, sicher eine ganze Menge in all den Jahren gekostet. Ich hatte also kein Recht, dieses Geld zurückzufordern. Ich fühlte mich miserabel und überlegte, sie noch mal anzurufen, um ihr zu sagen, dass ich bei meinem ersten Anruf nicht korrekt gehandelt hätte und dass sie mit ihrem Vorwurf, ihnen in all den Jahren genug Kosten verursacht zu haben, recht habe. Meine Vernunft, die mich ermahnte, sie unter keinen Umständen noch mal anzurufen, lieferte sich mit meinen Gefühlen, die mir ein schlechtes Gewissen einredeten, eine regelrechte Schlacht. Schließlich siegte die Vernunft.

Ich begrub recht schnell die Hoffnung, mein Geld jemals wieder zurückzubekommen. Umso erstaunter war ich, als einige Wochen später auf meinem Konto eine ordentliche Summe Geld eingegangen war. Der Auftraggeber war niemand anderes als meine Pflegemutter. Selbstverständlich hatte sie mir nur die Darlehenssumme ohne Zinsen überwiesen, aber das war mir letzten Endes völlig gleichgültig. Ich konnte wieder nach vorne blicken und musste nicht über Jahre hinweg das meiner Pflegemutter überlassene Geld für meinen Aufenthalt bei ihnen abstottern.

Meine Pflegemutter hatte es wieder einmal geschafft, mich zu demütigen, zu kränken und zutiefst zu verletzen. Gut, man könnte auch genauso gut sagen, dass ich sehr dumm gewesen war, mich erneut so behandeln zu lassen. Schließlich hatte sie mich doch nicht gezwungen, dieses Darlehen für sie aufzunehmen. Ich hätte mich für meine Naivität ohrfeigen können, allem voran deshalb, weil ich es bis dahin ganz offensichtlich noch immer nicht hatte wahrhaben wollen, dass mich diese Familie nicht aus Liebe bei sich aufgenommen hatte. Ich war nur Mittel zum Zweck – nicht mehr und nicht weniger. Ich schwor mir, sie nie mehr wieder in mein Leben zu lassen.

Meine Wurzeln

Der Wunsch, meine leiblichen Eltern kennenzulernen, war ungebrochen groß. Ich wollte mich selbst davon überzeugen, ob meine Eltern wirklich so schlecht waren, wie ich es des Öfteren zu hören bekommen hatte. Als ich knapp dreißig Jahre alt war, beschloss ich, sie zu suchen, egal, was es kosten und wie lange es dauern würde. Patrick, der Mann an meiner Seite, stand mir liebevoll und hilfreich zur Seite. Mein Taufschein war das einzige Dokument, das ich besaß, und anhand dessen wusste ich zumindest, wo meine Eltern damals wohnhaft gewesen waren, und wen ich als Taufpaten hatte. Mit diesem Dokument klapperte ich zahlreiche Ämter und Behörden ab, zahlte oftmals unverschämt hohe Gebühren, helfen konnte oder wollte mir jedoch niemand. Von Amts wegen konnte ich mir somit keine Hilfe erwarten, und so begann ich, mich vom ursprünglichen Wohnort meiner Eltern aus Schritt für Schritt weiter vorzuarbeiten.

Die Nacht, bevor ich die einstige Wohnadresse meiner Eltern aufsuchen wollte, zog sich endlos lang. Während Patrick schlief, lag ich da und war die ganze Nacht über mit der Frage beschäftigt, was mich in wenigen Stunden erwarten würde. Ich malte mir die schönsten Bilder aus, allen voran, dass ich meine Eltern fände und sie mich freudig empfangen würden.

Draußen war es noch dunkel. Patrick schlief noch immer tief und fest, ich indes lag nach wie vor wach und zerbrach mir den Kopf. Weiter im Bett zu bleiben fiel mir mit jeder Minute schwerer. Schließlich stand ich auf, schlich mich aus dem Schlafzimmer, ging in die Küche und machte mir einen Kaffee. In der Hoffnung, mich etwas ablenken zu können, nahm ich eine Zeitschrift, las darin, bemerkte aber schnell, dass ich das Gelesene nicht aufnehmen konnte, da mein Unterbewusstsein zu sehr mit dem anstehenden Tag und dem, was mich erwarten würde, beschäftigt war.

Frühmorgens drängte ich bereits aus dem Haus. Patrick begleitete mich an diesem Tag. Es war sein arbeitsfreier Tag und ich war ihm überaus dankbar dafür, dass er mir als wertvolle Stütze zur Seite stand.

Unter der angegebenen Adresse im Taufschein fanden wir einige Zeit später ein stark renovierungsbedürftiges Haus mit Garten, einem kleinen Nebengebäude, das ebenfalls sehr verwahrlost schien und den Eindruck machte, dass hier niemand mehr wohnhaft sei. Ich stieg aus dem Wagen und während Patrick sich auf die Suche nach einem Parkplatz machte, begutachtete ich das Haus und dessen unmittelbare Umgebung. Da war ich also einmal zu Hause gewesen, dachte ich. Meine Gedanken ließ ich zu Bildern werden. In sah meine Geschwister in diesem Garten herumtollen, während ich in den Armen meiner Mutter herumgetragen wurde. Rund um das kleine Nebengebäude sah ich Blumentröge aus Holz. Sie waren stark verwittert, doch die Blumen, die darin wuchsen, leuchteten in allen Farben. Mein Vater kam aus dem Haus. Er trug ein gelbes, ärmelloses Shirt. Von den

Armen meiner Mutter aus strahlte ich ihn von Weitem an. Als mich Patrick abrupt aus meiner Traumwelt riss, war mir ein wenig wehmütig zumute. In meiner Fantasiewelt, in der ich mich für wenige Minuten befunden hatte, fühlte ich mich auf den Armen meiner Mutter so geborgen.

Ich fuhr mir ein paar Mal durchs Haar, suchte nach Fusseln an meiner Kleidung und begutachtete noch einmal meine Schuhe. Wenn ich meinen Eltern möglicherweise gleich gegenüberstehen würde, wollte ich schließlich ordentlich aussehen. Ich klingelte. Mein Blick richtete sich stetig auf die Eingangstür des Wohnhauses. Doch es tat sich nichts. Ein weiteres Mal betätigte ich den Klingelknopf, der sich, wie zuvor schon, ganz tief eindrücken ließ. Erneut keine Anzeichen dafür, dass wir hier jemanden antreffen würden. Wir dachten schon daran zu gehen, als wir bemerkten, dass jemand die Eingangstür einen Spaltbreit öffnete. Eine ältere, klein gewachsene, zierliche Frau kam aus dem Haus. Vorsichtig ging sie die wenigen Stufen hinab und kam mit fragenden Blicken auf uns zu. An der Ecke des Hauses, etwa zwei Meter von der Gartentür entfernt, blieb sie stehen und fragte, ob sie uns helfen könne. Ich war mit der Erscheinung dieser Frau so sehr beschäftigt, dass ich völlig vergaß zu antworten. Wer war diese Frau? Etwa meine Großmutter? Patrick stupste mich ganz leicht am Arm. „Ja, ich hoffe“, gab ich ihr als Antwort. Anfangs redete ich nur wirres Zeug. Nicht einen einzigen zusammenhängenden, sinnvollen Satz brachte ich heraus. Zu viele Dinge gingen mir gleichzeitig durch den Kopf. Ich entschuldigte mich für die Störung, stellte mich danach mit meinem Namen vor und schilderte ihr kurz, worum es ging. Sie kam die wenigen Schritte ans Tor, stieß einen tiefen Seufzer aus und meinte: „Du bist mein Patenkind. Es ist schön, dich zu sehen und zu sehen, dass es dir gut geht." „Aber bitte nimm es mir nicht übel, dass mir ein kalter Schauer über den Rücken läuft, wenn ich mit diesem Familiennamen konfrontiert werde", fügte sie noch hinzu. Ich war glücklich und traurig zugleich. Einerseits war da die Freude, meine Taufpatin kennenlernen zu dürfen, andererseits war da dieser Satz, der mich traurig machte. In den darauffolgenden Minuten erzählte sie mir Schauderhaftes über meine Eltern.

Meine Eltern hatten mit uns Kindern in diesem alten Nebengebäude gewohnt, meine Taufpatin war nichts anderes gewesen als ihre Vermieterin. Sie meinte, dass sie sich freiwillig als Taufpatin angeboten hatte, damit zumindest gesichert war, dass sie mich auch taufen lassen würden. Mein Vater hatte als Hilfsarbeiter sein Brot verdient, meine Mutter war Hausfrau gewesen. Die Frau erzählte davon, dass meine Mutter ein Kind nach dem anderen bekam. Wenn mein Vater zur Arbeit ging, verließ auch sie sehr oft das Haus und ließ uns Kinder allein zurück. Ich war das fünfte Kind, das meine Mutter zur Welt brachte. Die alte Frau erzählte weiter, dass mein Vater meine Geschwister bei Ungehorsam mit Schlägen züchtigte. Und es kam mehrmals vor, dass er meine Geschwister an den Tischbeinen festband und mit einem Gürtel auf sie einschlug. „Du warst ein wenige Tage alter Säugling", fuhr sie fort, „als ich dich eines Nachmittags endlos lange schreien hörte. Ich dachte mir, dass da etwas nicht in Ordnung sei und klingelte bei deinen Eltern. Als mir niemand öffnete, ging ich einfach ins Haus. Was ich dort Momente später zu sehen bekam, veranlasste mich, die Polizei zu rufen. Bereits bei der Eingangstür bemerkte ich, dass es übel roch und als ich weiter in den Wohnbereich vorging, sah ich, wie all deine Geschwister an je ein Tischbein gebunden waren und leise vor sich hin weinten. Neben deinen Geschwistern im Gitterbett lagst du, nach wie vor laut schreiend. Ehe ich mich deiner Geschwister annahm, kümmerte ich mich um dich. Ich nahm dich aus dem Bett und erkannte sofort den Grund deines Schreiens. Du lagst in teils eingetrocknetem Kot und deine Windel war so von Urin durchnässt, dass sie bereits zu zerfallen begann. Der Urin hatte deine Haut aufgezogen und da es bereits Stellen gab, an denen du leicht blutetest, rief ich einen Arzt." Sie erzählte weiter, dass sie einen großen Fehler begangen hatte, denn sie hatte meine Geschwister befreit, und als die Polizei kam, um alles aufzunehmen, wollte man ihr nicht so recht glauben, dass die Kinder an den Tischbeinen angebunden gewesen waren. Meine Geschwister selbst waren völlig verstört gewesen, keines von ihnen hatte auf die Fragen der Beamten geantwortet, wie sie weiter meinte. Hinzu kam, dass meine Eltern bei ihrer späteren Einvernahme vehement bestritten, ihre Kinder jemals geschlagen, geschweige denn, sie nur ein einziges Mal an Tischbeinen festgebunden zu haben. „Deine Eltern erhielten eine Anzeige wegen Vernachlässigung der Aufsichtspflicht, bekamen ab diesem Zeitpunkt eine Familienhelferin für einen Tag die Woche zur Seite gestellt, aber das war es dann auch schon“, meinte sie noch. „Hätte ich deine Geschwister bis zum Eintreffen der Beamten in der vorgefundenen Lage gelassen, wäre euch Kindern weiterhin einiges an Leid erspart geblieben, denn es dauerte schließlich noch viele Monate, bis die Behörden handelten“, fügte sie hinzu. Sowohl ihrer Stimme als auch ihrem Blick entnahm ich, dass sie sich schuldig fühlte. Ich bat sie, sich nicht für etwas verantwortlich zu machen, wofür sie nichts konnte. Sie beschwichtigte, winkte ab und meinte, dass es ohnehin schon zu spät wäre. Wo meine Eltern nun wohnhaft waren, könne sie mir nicht sagen, denn der Kontakt hatte sich verloren, als sie vor vielen Jahren aus dem Haus ausgezogen waren. Allerdings konnte sie mir eine Adresse nennen, an der sie vermutete, dass der Bruder meines Vaters, also mein Onkel, dort wohnte. Sie beendete das Gespräch mit der Bitte, nach Möglichkeit nicht wieder zu kommen, da die Erinnerungen an meine Familie für sie sehr belastend seien und es sie einiges an Kraft gekostet hatte, sie damals aus dem Haus zu bringen. Ich solle es keinesfalls persönlich nehmen, wie sie meinte, aber sie könne nicht anders. Sie lächelte mich freundlich an, wünschte mir alles Gute, schüttelte Patrick und mir noch die Hand, und wandte sich danach recht schnell von uns ab.

Ich verbuchte die Begegnung als Teilerfolg, obwohl mir die Informationen, die ich soeben erhalten hatte, schon ziemlich zusetzten. Waren meine leiblichen Eltern von derselben üblen Sorte wie meine Pflegeeltern? Obwohl ich gerade die Bestätigung dafür bekommen hatte, wehrte ich mich vehement gegen diesen Gedanken. Ich konnte doch nicht gleich zweimal in meinem Leben ein solches Los gezogen haben. In der Traumwelt, in der ich mich am Gartentor stehend gerade noch befunden hatte, war alles so schön. Ich fühlte mich auf Mutters Arm doch so geborgen. Ich wollte demnach nicht aufhören zu träumen. Auch wenn ich gerade Schreckliches erfahren hatte müssen, konnte und wollte ich nicht akzeptieren, dass meine leiblichen Eltern es zu ihrem Hobby gemacht hatten, Kinder in die Welt zu setzen und sie verwahrlosen zu lassen.

Etwa eine halbe Stunde später, standen wir an diesem Tag erneut vor einem Gartentor und betätigten die Klingel. Anders als zuvor standen wir dieses Mal vor einem prachtvollen Bungalow. Eine riesige Grünfläche mit vielen Obstbäumen und Dutzenden blühenden Blumen rundete das Gesamtbild ab. Unmittelbar nach unserem Läuten kam ein Mann um die sechzig aus dem Haus. Er machte schon von Weitem einen sehr sympathischen Eindruck auf mich. Am Stiegenabgang wechselte er sein Schuhwerk, und nachdem er die wenigen Stufen nach unten gegangen war, kam er auf uns zu. Ein weiteres Mal an diesem Tag stellte ich mich vor und fragte anschließend nach dem Träger des Namens, den ich zuvor von meiner Taufpatin erhalten hatte. Der vor uns stehende Mann sah uns an, runzelte leicht die Stirn, bis er schließlich meinte, dass er das sei. Mein Gott, am liebsten hätte ich vor Freude einen Satz über den Gartenzaun gemacht und wäre meinem Onkel um den Hals gefallen. So oder so ähnlich musste auch mein Vater aussehen, dachte ich mir. Ich erzählte meinem Onkel, dass ich soeben von meiner Taufpatin käme, von der ich diese Adresse bekommen habe und auf der Suche nach meiner Familie sei. Erst jetzt dämmerte es ihm, wen er vor sich stehen hatte. Sofort öffnete er das Gartentor und bat uns herein. Er reichte Patrick die Hand, anschließend nahm er mich in den Arm. Er drückte mich ganz fest an sich und streichelte mir dabei mehrmals über den Rücken. Ich schloss die Augen und genoss jede einzelne Sekunde. Ich wünschte mir, die Zeit bliebe genau in diesem Moment stehen.

Die Frau meines Onkels war Minuten später zum Gartentor gekommen und begrüßte uns mit derselben Herzlichkeit wie zuvor mein Onkel. Wie sehr ich mich in deren Armen wohlfühlte, vermag ich nicht zu beschreiben. Beide baten uns auf die Terrasse, damit wir es uns dort gemütlich machen konnten. Patrick wollte sich gerade neben mich setzen, als ihn mein Onkel am Arm nahm und meinte, dass er doch in den Weinkeller mitkommen solle, um einen guten Tropfen auszusuchen. Wir kannten uns erst wenige Minuten, aber zwischen uns war eine Vertrautheit zu spüren, als würden uns schon Ewigkeiten kennen. Während Patrick mit meinem Onkel im Keller war, bemutterte mich meine Tante. Ich bekam Kaffee und Kekse, und wenn ich wolle, sagte sie, würde sie sich auch sofort an den Herd stellen und schnell einen Kuchen backen oder, wenn ich Hunger hätte, auch etwas kochen. Ich kannte dieses „bemuttert" werden bislang nicht. Es war etwas völlig Neues für mich. Ein unbekanntes, aber sehr, sehr schönes Gefühl.

Als wir wenig später alle rund um den Tisch saßen, überhäuften mich die beiden mit Fragen. So schnell konnte ich überhaupt nicht antworten, wie die beiden Fragen stellten. Doch mir fiel auf, dass mein Onkel gleich einmal begann, mehrmals nervös auf die Uhr zu sehen. Es täte ihm furchtbar leid, meinte er, aber er müsse uns bald verlassen, da er in die Arbeit müsse. Wir könnten aber bleiben, solange wir wollten, fügte er hinzu. Es war ihm anzumerken, dass es ihm sehr leidtat, dass er gehen und sich schon wieder von uns verabschieden musste. Beide luden uns für das darauffolgende Wochenende zum Mittagessen ein. Nachdem wir zugesagt hatten, fiel es meinem Onkel nicht mehr ganz so schwer, sich zu verabschieden.

Unmittelbar nachdem mein Onkel gegangen war, machten auch wir uns auf den Weg. Mit dem Gedanken, dass wir uns in wenigen Tagen wiedersehen würden, fiel auch mir der Abschied nicht allzu schwer. Außerdem hatte ich für diesen Tag mehr als genug

Eindrücke zu verarbeiten und spürte eine bleierne Müdigkeit aufkommen. Da wir in dieser kurzen Zeit kaum über meine Eltern gesprochen hatten, freute ich mich auf das anstehende Wochenende, denn ich erhoffte mir dann weitere Informationen. Schließlich träumte ich noch immer von einer heilen Familie, von meinen liebevollen Eltern, von meiner fürsorglichen Mutter, die mich in meinen Tagträumen liebkosend auf dem Arm hielt.

Wenige Tage nach unserem ersten Besuch saßen wir also wieder bei meinem Onkel und meiner Tante auf der Terrasse. Schnell bemerkte ich, dass mein Onkel längst nicht so entspannt und gut gelaunt war wie bei unserem ersten Zusammentreffen. Nicht, dass er unfreundlich war, nein, das war er keinesfalls, aber irgendetwas war anders.

Später, als wir mit dem Essen fertig waren, half ich meiner Tante, die Küche wieder sauber zu machen, mein Onkel und Patrick unterhielten sich draußen auf der Terrasse bei einem Glas Wein über Fußball. In der Küche fragte mich meine Tante dann, wie viel ich schon von meinen Eltern wüsste. Ich antwortete ihr, dass ich bis jetzt nur Negatives von ihnen gehört hätte und dass sich das heute hoffentlich ändern würde.

Die Küche war so weit sauber, der Geschirrspüler lief, der Kaffee war fertig. Meine Tante und ich setzten uns zu unseren Männern auf die Terrasse. Ich nahm neben Patrick Platz und lehnte mich gemütlich in meinem Stuhl zurück. Da fragte mich mein

Onkel, wie viel ich von meinen Eltern wissen wolle. „Alles", gab ich wie aus der Pistole geschossen als Antwort, woraufhin er nachhakte und mich fragte, ob ich mir sicher sei. Ich bejahte. „Gut, dann werde ich dir von deinem Vater und deiner Mutter erzählen." Er begann damit, dass er sich mit meinem Vater zerstritten habe und bis zum heutigen Tage keinen Kontakt mehr zu ihm pflegte. Grund für den Streit waren wir Kinder gewesen. Er fuhr fort, dass er mit ansehen hatte „müssen", wie meine Eltern meine Geschwister vernachlässigten. Er und meine Tante hatten meinen Eltern mehrmals Hilfe angeboten. Nicht selten hatte dieses Hilfsangebot in einem Streit geendet, setzte er fort. Das, meinte er, ging über Jahre. Er war hin und hergerissen, da er einerseits meine Geschwister leiden sah, andererseits seinem Bruder nicht in den Rücken fallen wollte. Er erzählte, dass sich die Lage eines Tages dann noch zuspitzte. Er wollte meinen Vater zu Hause besuchen, um etwas mit ihm zu besprechen. Mein Vater war nicht da, stattdessen öffnete ihm meine Mutter im Bademantel. Zu diesem Zeitpunkt war sie, wieder einmal, in anderen Umständen – mit mir. Sie habe ihn ins Haus gebeten, und als er drei meiner Geschwister sah, fielen ihm sofort blaue Flecken an ihnen auf. Außerdem waren alle in einem äußerst ungepflegten Zustand. Sie saßen am Boden zwischen Müllsäcken und spielten mit herumliegendem Verpackungsmaterial. Das Fass zum Überlaufen brachte dann aber meine Mutter, erzählte er weiter. Sie schickte meine Geschwister nach draußen zum Spielen und kaum war die Tür hinter ihnen ins Schloss gefallen, kam sie auf ihn zu, öffnete den Bademantel, und ehe er sich versah, saß sie auf seinem Schoß. Er aber wollte keinen Sex mit ihr, er wollte mit ihr über den Zustand meiner Geschwister sprechen. Doch auf dieses Gespräch ließ sich meine Mutter nicht ein. Stattdessen schnauzte sie ihn an und meinte, dass ihn das nichts anginge und er sich um seinen eigenen Mist kümmern solle. Sie warf ihn kurzerhand aus dem Haus. Mit dem Vorhaben, zu späterer Stunde nochmals wiederzukommen, und in der Hoffnung, meinen Vater dann anzutreffen, fuhr er nach Hause. Stunden später traf er ihn dann auch an und bat ihn um ein Gespräch. Er sprach ihn auf den schlechten Allgemeinzustand und auf die blauen Flecken meiner Geschwister an. Mein Vater ging auf ihn zu, rempelte und schrie ihn an, was er sich einbilden würde, sich in Angelegenheiten seiner Familie einzumischen. Es folgte eine heftige Auseinandersetzung, die beinahe in Handgreiflichkeiten endete. Mein Onkel gab meinem Vater zu verstehen, dass er all dem nicht weiter tatenlos zusehen würde, sondern dem Ganzen nun Einhalt gebieten würde, indem er auf der Stelle zur nächstgelegenen Polizeidienststelle fahren und ihn anzeigen würde. Daraufhin fuhr er und ließ meinen wutentbrannten Vater am Gartentor zurück. Das war der letzte Kontakt der beiden Brüder. Monate später bekam er von einem Bekannten die Information, dass wir Kinder, nachdem man uns wieder einmal uns selbst überlassen hatte, von der Behörde abgeholt wurden. Ich war erschüttert, traurig, enttäuscht, wütend, sprachlos. Und mir war zum Weinen, denn mein Traum von einer heilen Familie, war erschüttert. Entsprach es tatsächlich der Wahrheit, dass meine Eltern so waren, wie ich es mittlerweile von mehreren Seiten zu hören bekommen hatte? Die darauffolgenden Minuten herrschte Stille. Wir saßen uns am Tisch gegenüber und blickten einander starr in die Augen. Patrick nahm meine Hand und streichelte sie. Mein Onkel wollte mir sicherlich etwas Gutes tun, indem er das Schweigen mit der Frage beendete, in welche Familie ich gekommen sei und wie es mir dort ergangen sei. Dass er mich damit in einen noch weitaus tieferen Sumpf an negativen Gefühlen zog, konnte er nicht ahnen. Bei unserem ersten Besuch hatte ich ihm gegenüber lediglich erwähnt, dass mich die Behörde in die Nähe von Graz gebracht hatte. Das, was mir dort widerfahren war, sprach ich mit keinem Wort an. Und nun wollte ich auch nicht darüber sprechen. Ich konnte und wollte ihm nichts von diesem jahrelangen Albtraum erzählen. Aber belügen wollte ich meinen Onkel schließlich auch nicht. Also erzählte ich ihm nur Unverfängliches. Ich erzählte ihm, wie viele Kinder meine Pflegefamilie hatte, wo ich zur Schule gegangen war und dass ich meine Schwester ab und zu besuchte. So versuchte ich mich irgendwie rauszumanövrieren.

Ich fühlte mich leer und ausgebrannt. Und ich war todtraurig. Todtraurig über die haarsträubenden Schilderungen meines Onkels. Ich wollte einfach nur noch nach Hause. Mein Onkel und meine Tante baten uns noch zu bleiben, aber ich konnte und wollte nicht mehr. Ich hatte genug für diesen Tag. Außerdem hatte ich die Befürchtung, dass mir mein Onkel noch weitere Fragen über meine Pflegefamilie stellen könnte.

Seit unserem letzten Besuch bei meinem Onkel waren einige Wochen verstrichen, doch das Thema Eltern war für mich nach wie vor nicht vom Tisch. Hartnäckig wehrte ich mich dagegen, dass an den Schilderungen meines Onkels und denen meiner Taufpatin Wahres dran sein könnte. Patrick jedoch riet mir mehr denn je davon ab sie aufzusuchen. Nicht, dass er nicht verstehen konnte, wie groß meine Sehnsucht nach meinen Eltern war, doch seinem Gespür nach käme nichts Gutes dabei heraus, wie er immer sagte. Schmerz und Demütigungen aller Art zu ertragen, Rückschläge wegzustecken und wieder aufzustehen, darin war ich geübt. Ein Profi war ich. Aber ich wollte mich nicht mit dem Gedanken an eine mögliche Enttäuschung auseinandersetzen. Ich hatte meinen Traum und eines Tages würde er auch Wirklichkeit werden.

Wochen später setzte ich schließlich mein Vorhaben weiter in die Tat um. Patrick hatte mir zwar davon abgeraten, trotz alledem stand er mir auch dieses Mal wieder zur Seite. Die Adresse meiner Eltern, die mittlerweile getrennt lebten, bekamen wir von meinem Onkel. An einem frühsommerlichen Nachmittag machten wir uns dann zu dieser Adresse auf. Unter der Anschrift fanden wir einige Zeit später ein Doppelwohnhaus etwas älteren Baujahres. Ich stand mit Patrick auf der gegenüberliegenden Straßenseite und musterte das Haus. Die Fensterstöcke waren stark verwittert. Der neue Fassadenanstrich hingegen schien noch nicht lange zurückzuliegen. Der große Garten rund um das Haus war sehr gepflegt. Ich konnte von Weitem die großzügig angelegten Gemüse- und Blumenbeete sehen. Wir wechselten die Straßenseite, stellten uns vor das Tor und blickten auf die Haussprechanlage. Dort waren lediglich zwei Namen vermerkt. Einer davon war der Name meines Vaters. Ich läutete. Unmittelbar danach öffnete sich im ersten Stock dieses Hauses ein Fenster. Eine Frau lehnte sich aus dem Fenster und fragte nach unserem Wunsch. Ich fragte sie, ob dieser Mann, den ich nannte, hier wohnhaft sei. Sie bejahte meine Frage und fragte, was ich von ihm wollte. Es sei eine private Angelegenheit, meinte ich und bat sie, ihm zu sagen, dass jemand am Tor auf ihn warten würde. Es war schon ein sonderbares Gefühl zu wissen, dass ich in Kürze das erste Mal in meinem Leben meinem Vater gegenüberstehen würde. Seltsam war auch, dass ich kaum nervös war. Ich hätte allen Grund dazu gehabt, denn schließlich war es *der* Moment, den ich so lange herbeigesehnt hatte. Nun aber war ich eigenartigerweise ziemlich ruhig. Stattdessen hatte sich in mir ein anderes Gefühl breit gemacht. Aber „welches" genau, konnte ich nicht sagen. Es war keine richtige Nervosität, es war keine Freude, keine Melancholie. Ich fühlte da etwas, wusste aber nicht, was es war.

Ein groß gewachsener, kräftiger Mann mit dunklen, schütteren Haaren bog Minuten später um die

Hausecke. Er kam auf uns zu. Zugegeben, ich hatte mir meinen Vater anders, ganz anders vorgestellt, und mit meinem Onkel hatte er optisch auch nicht viel gemein, aber das war nun nicht mehr von Wichtigkeit. Ich fragte ihn nach der Person, die ich suchte, und danach, ob er das sei. Er bejahte diese Frage und fragte, was der Grund unseres Besuches sei. Ohne lange drumherum zu reden, gab ich ihm als Antwort, dass ich seine Tochter sei. Mit weit aufgerissenen Augen starrte er mich an. Er stellte ein paar Detailfragen, was ihm offenbar Gewissheit gab, dass es sich um keinen Irrtum handelte. Sofort rief er nach Hannelore, seiner Lebenspartnerin, die den Schlüssel für das Tor aus dem Fenster werfen sollte. Es war jene Frau, mit der ich mich wenige Minuten zuvor am Fenster unterhalten hatte. Mein Vater öffnete das Tor, reichte uns die Hand und bat uns ins Haus. Auf dem Weg in den ersten Stock stieg mir ein ganz eigenartiger Geruch in die Nase. Ein übler Geruch war es, der aus frisch zubereitetem Essen, Mottenkugeln, weichgespülter Wäsche und Schimmel bestand. Im ersten Stock des Wohnhauses angekommen, bot uns mein Vater in der Küche einen Sitzplatz sowie etwas zu essen und zu trinken an. Die Stimmung war irgendwie ganz seltsam. Ich wusste nicht recht, ob sich mein Vater wirklich freute, mich zu sehen. Klar, ich hatte ihn mit meinem Besuch völlig überrascht, und er musste erst einmal „sacken“ lassen, dass er nach so vielen Jahren eines seiner Kinder vor sich hatte. Wie sollte ich das Gespräch nun am besten beginnen? Sollte ich ihm gleich Vorhaltungen machen, dass er und meine Mutter uns Kinder verwahrlosen hatten lassen, oder sollte ich zunächst einmal auf heile Welt machen? Als wüsste er, was in meinem Kopf gerade vorging, nahm er neben mir auf der Sitzbank Platz und begann gleich damit: „Schuld am Ganzen war deine Mutter. Während ich zur Arbeit ging, trieb sie sich unentwegt mit wildfremden Männern herum und ließ euch Kinder allein zurück." Ich sprach ihn auf den schlechten Allgemeinzustand und auf die Misshandlungen meiner Geschwister an, woraufhin er meinte, dass das nichts anderes als unwahre Aussagen von jenen Leuten gewesen seien, die die Familie auseinander bringen wollten. Ich wollte es fürs Erste darauf beruhen lassen, denn ich ahnte, würde ich weiter bohren oder seinen Aussagen widersprechen, bräche ich damit möglicherweise einen Streit vom Zaun. Das wollte ich nicht, nicht bei unserem ersten Aufeinandertreffen, und so nickte ich einfach nur mit dem Kopf. Hannelore strahlte, anders als mein Vater, sehr viel Wärme aus. Ich mochte sie auf Anhieb, und das schien wohl auf Gegenseitigkeit zu beruhen. Sie setzte sich neben mich, streichelte mir andauernd über die Hände und überhäufte mich mit allen möglichen Komplimenten. Darüber hinaus fragte sie mich etwa alle zwei Minuten nach meinen Wünschen. Ich bräuchte es nur sagen, sie würde auch in das nächstgelegene Geschäft gehen und etwas besorgen, wie sie meinte. Unterhielt ich mich mit Hannelore, konnte ich aus dem Augenwinkel erkennen, wie mich mein Vater beobachtete. Ich fühlte mich irgendwie unwohl dabei. So, wie er mich die ganze Zeit über ansah, konnte ich keinen Zusammenhang damit erkennen, dass er mich seit meinem Kleinkindalter nicht mehr gesehen hatte. Seine Blicke sagten etwas anderes, aber was genau, das konnte ich zu diesem Zeitpunkt nicht benennen. Ich konnte aus den Augen meines Vaters *nichts* ablesen – weder Freude noch Ablehnung, und das löste, je länger ich dort saß, mehr und mehr Unbehagen in mir aus. Auch wenn uns mein Vater und Hannelore noch baten zu bleiben, brachen wir nach etwas mehr als einer Stunde wieder auf. Ich hatte genug. Genug von den „eigenartigen" Blicken meines Vaters und genug von seinen immer wiederkehrenden Andeutungen, dass die Schuld alleine bei meiner Mutter gelegen habe und dass man ihm keinen Vorwurf machen dürfe.

Es kam langsam so, dass ich meinen Vater ab und an besuchte. Manchmal stattete ich ihm auch einen Besuch mit Fabian, meinem Sohn, ab. Mein Vater gab mir mittlerweile doch ein wenig mehr das Gefühl, dass er sich freute mich zu sehen, und er vermittelte mir auch das Gefühl, erfreut darüber zu sein, dass er ein Enkelkind hatte. War ich mit Fabian auf Besuch, tollte er mit ihm im Garten herum und überhäufte ihn mit Geschenken aller Art. Mit Argusaugen bewachte ich jedes Mal mein Kind, denn die schrecklichen Anschuldigungen gegen meine Eltern hatte ich natürlich nicht vergessen. So wie sich mein Vater gegenüber Fabian verhielt, fiel es mir aber zunehmend schwer, weiter zu glauben, dass er tatsächlich so schlecht war, wie viele behaupteten. Patricks Begeisterung über meinen Vater hielt sich aber nach wie vor in Grenzen. Er traue dem Frieden nicht so ganz, wie er immer wieder meinte, und er ermahnte auch mich mehrmals, dem Ganzen mit mehr Vorsicht zu begegnen.

Mittlerweile waren einige Monate seit unserem Kennenlernen verstrichen. Mein Vater begann damit, mich öfter anzurufen und sich zu beschweren, wenn ich ihn nicht mindestens dreimal die Woche besuchte. Er begann auch anzurufen, wenn er für seine Erledigungen einen Chauffeur brauchte. Bei jedem seiner Anrufe ließ ich alles liegen und stehen, eilte so schnell ich konnte zu ihm und chauffierte ihn quer durch die Stadt. Manchmal war ich den ganzen Nachmittag mit ihm unterwegs. Ich traute mich nicht „nein" zu sagen, denn die Angst vor einer möglichen Zurückweisung war viel zu groß. Mein Vater hatte all das natürlich längst durchschaut. Die Folge: Er rief an, ich spurte. Die Ausnahme war, wenn ich in der Arbeit war. Aber selbst wenn ich zu Hause beim Kochen war oder mit den Kindern bei den Hausaufgaben saß, ließ ich alles liegen und stehen.

Langsam machte sich in meiner eigenen Familie Disharmonie breit. Die Kinder machten mir zum Vorwurf, dass das Essen nicht mehr so pünktlich auf den Tisch kam, dass ich mangels Zeit nicht mehr so geduldig bei den Hausaufgaben half, dass die Wäsche oft Tage ungebügelt blieb und dass ich mir zu wenig

Zeit für andere Erledigungen nahm. Die Kinder, das waren Lukas, Andreas und Fabian. Lukas und Andreas waren Patricks Söhne aus erster Ehe. Die Mutter der beiden hatte die Kinder und Patrick buchstäblich über Nacht mit der Begründung verlassen, dass sie von allem eine Auszeit benötigte. Patrick bekam demnach das Sorgerecht für seine Kinder und die beiden wohnten bei uns. Aber nicht nur von den Kindern kamen Vorwürfe, sondern auch von Patrick selbst. Patrick hatte einen Job in gehobener Position. Er arbeitete viel und hart und das noch dazu im Schichtdienst. Ich arbeitete zu dieser Zeit für eine der größten Sprachschulen weltweit. Da es uns wichtig war, dass einer von uns beiden bei den Kindern war, wenn sie aus der Schule kamen, übte ich meinen Job irgendwann nur noch halbtags aus. Verließ ich morgens mit den Jungen das Haus, kam Patrick gerade von der Arbeit nach Hause. Kam ich mit ihnen nachmittags nach Hause, ging Patrick wenig später, um zur Arbeit zu fahren. Durch meine immer häufiger werdenden Besuche bei meinem Vater bekamen wir uns so noch seltener zu Gesicht. Patrick machte mir deshalb eines Tages den Vorwurf, dass mir meine eigene Familie nicht mehr wichtig genug zu sein schiene und dass es ihn außerdem stören und kränken würde, dass er mich kaum noch zu Gesicht bekam. Eines Tages, nach der Arbeit, holte ich wie so oft die Kinder von der Schule ab, fuhr nach Hause, kochte, half nach dem Essen den Kindern bei den Hausaufgaben und wandte mich anschließend der Hausarbeit zu. An diesem Tag, ich saß gerade bei Andreas und seinen Hausaufgaben, klingelte das Telefon. Mein Vater war am Apparat. Er meinte, dass er mich ganz dringend brauche. Ich fragte ihn nach dem Grund und ob es nicht noch ein wenig Zeit habe. Den Grund wollte er mir am Telefon nicht sagen und meinte, dass es, wenn es eben nicht anders ginge, in Ordnung sei, wenn ich später käme. Etwa eine halbe Stunde später klingelte abermals das Telefon. Patrick war am anderen Ende der Leitung. Zwei seiner Kollegen hätten sich krankgemeldet und er müsse nun für einen dieser beiden Kollegen den Nachtdienst übernehmen, meinte er. Da es sich zeitlich nicht mehr ausginge, nach Hause zu fahren, wolle er sich im Ruheraum seiner Firma etwas ausruhen.

Mein Vater rief mich jede halbe Stunde an, um zu fragen, wann ich denn endlich käme. Ich erklärte ihm, dass ich keine Lust habe, mit allen drei Kindern zu ihm zu fahren, und dass Patrick unvorhergesehen länger arbeiten müsste und bat ihn noch um etwas Geduld.

Es war gegen halb neun am Abend. Die Kinder waren bereits fertig gebadet und in ihren Pyjamas. Ich brachte sie zu Bett und wartete, bis sie eingeschlafen waren. Danach schlich ich mich aus dem Haus. Ich hatte ein ungutes Gefühl und wusste, dass es nicht rechtens war, die Kinder allein zu lassen. Aber ich beruhigte mein Gewissen damit, dass ich nicht lange fort sei – der Weg hin und zurück würde nicht mehr als eine Dreiviertelstunde in Anspruch nehmen. Nie zuvor hatte ich die Kinder auch nur eine Minute unbeaufsichtigt zurückgelassen. Diesmal tat ich es. Für meinen Vater. Ich stieg ich mein Auto und machte mich auf den Weg zu ihm. Dort angekommen läutete ich an der Sprechanlage, woraufhin im ersten Stock das Fenster aufging. Mit einer Handbewegung bedeutete mir mein Vater, dass ich hochkommen solle. Ich winkte ab mit der Begründung, dass die Kinder allein zu Hause seien, und bat ihn runterzukommen. Er kam folglich ans Tor und ich bat ihn, gleich zur Sache zu kommen, da ich nicht viel Zeit habe. „Ich bin enttäuscht von dir, dass du dich um mich so wenig kümmerst!“, kam der Vorwurf von ihm. Ich glaubte nicht recht zu hören. *Ich* war diejenige, die seit Monaten bei jedem seiner Anrufe alles liegen und stehen ließ und ihn überallhin chauffierte. *Ich* war gerade diejenige, die für ihn die Kinder zu Hause allein gelassen hatte, weil ich davon ausgegangen war, dass es etwas Wichtiges, Unaufschiebbares gäbe, und *ich* war diejenige, die ihren Familienfrieden für ihn aufs Spiel setzte. Ich war mir nicht sicher, ob sein Vorwurf der einzige Grund gewesen war, warum ich so schnell zur Stelle hatte sein müssen. Um sicherzugehen, fragte ich ihn, woraufhin er meinte: „Ist das nicht Grund genug?“ Ohne irgendeinen Kommentar drehte ich mich um und ging zu meinem Auto. Unfassbar, was sich mein Vater da herausnahm. Gerade er, der sich um uns Kinder einen Dreck geschert hatte, kam mit diesem Vorwurf.

Als ich zu Hause mit dem Auto vorfuhr, sah ich Licht im Stiegenhaus. Andreas, der hin und wieder einen etwas unruhigen Schlaf hatte, war aufgewacht und verunsichert, dass ich nicht zu Hause war. Er saß auf der Treppe und wartete auf mich. Mir war sofort klar, dass Andreas seinem Vater erzählen würde, dass ich nachts außer Haus gewesen war. Patrick konnte im Grunde nicht viel aus der Ruhe bringen. Selten, dass ich ihn in all den Jahren richtig wütend erlebt hatte. Doch am darauffolgenden Tag krachte es zwischen uns beiden gehörig. Wie befürchtet, hatte Andreas seinem Vater erzählt, dass er nachts aufgewacht war, mich gesucht hatte, aber nicht finden konnte. Patrick war bitter enttäuscht und furchtbar wütend auf mich, dass *gerade ich*, diejenige, die so ein Verhalten bei anderen immer aufs Schärfste verurteilte, die Kinder unbeaufsichtigt zurückgelassen hatte. An diesem Tag gab er mir deutlich zu verstehen, dass er nicht mehr willens sei, mich weiterhin mit meinem Vater zu teilen, und sollte sich nicht bald etwas ändern, er die Konsequenzen daraus ziehen würde. Wenn ich meine Familie nicht verlieren wollte, musste ich also handeln. Ich legte also den Kontakt zu meinem Vater auf Eis, indem ich ihm erklärte, dass ich in nächster Zeit viel um die Ohren und kaum Zeit habe, ihn zu besuchen.

Es verging kaum ein Tag, an dem mich mein Vater nicht anrief und mir Vorhaltungen machte, was ich für eine schlechte Tochter sei, weil ich mich nicht um sein Wohlergehen bemühte. Er habe sein Leben lang hart gearbeitet und habe beinahe sein gesamtes Einkommen nur wegen uns Kindern an Unterhalt bezahlen müssen. Es sei doch nicht zu viel verlangt, wenn ich ihm gegenüber nun ein wenig mehr Dankbarkeit zeigen würde, fügte er bei jedem seiner Anrufe hinzu. War ich wirklich eine schlechte Tochter? Umsorgte ich ihn zu wenig, zeigte ich zu wenig Dankbarkeit? Hatten mir nicht schon meine Pflegeeltern über all die Jahre hinweg vorgeworfen, dass ich zu wenig Dankbarkeit zeigte? Da konnte doch nur etwas Wahres dran sein, zweimal in meinem Leben konnte dieser Vorwurf doch nicht unbegründet sein. Aber wofür sollte ich meinem Vater eigentlich dankbar sein? Dafür, dass er mich jetzt in seine Nähe ließ, dass er mich nicht wieder zurückstieß, mich nach so viel Jahren in den Arm nahm? Auf Letzteres hätte ich allerdings auch sehr gerne verzichtet, denn mein Vater umarmte mich zunehmend mehr als mir lieb und angenehm war. Er berührte mich an Stellen, die für ihn als Vater schlichtweg tabu zu sein hatten. Wies ich ihn zurück und machte ihn unmissverständlich darauf aufmerksam, dass ich das nicht wolle und er das bitte unterlassen solle, beklagte er sich, dass ich empfindlich sei und wegen ein paar „unbeabsichtigter" Berührungen gleich ein Theater veranstalten würde. Bei meinen Besuchen begann ich deshalb, ihn auf Distanz zu halten. Einmal telefonierte ich bei meiner Ankunft alibihalber, dann wieder hatte ich Migräne und konnte keine Umarmung ertragen, ein anderes Mal kam ich frisch vom Frisör und wollte nicht, dass er meine Haare durcheinanderbrachte, und wieder ein anderes Mal war mir an diesem Tag einfach nicht nach einer Umarmung. Ging ich wieder, hatte ich es ganz plötzlich sehr eilig, weil ich beinahe einen Termin übersehen hätte, bei meinem nächsten Besuch nahm ich einen Anruf zum Anlass, um sofort aufzubrechen, und wieder ein anderes Mal meinte ich, dass ich kurz weg müsse, um während der Geschäftsöffnungszeiten noch etwas erledigen zu können, und versprach, bald wieder zurück zu sein. Natürlich kam ich nicht wieder zurück, aber diese oder ähnliche Methoden musste ich anwenden, wenn ich mich seinen „unbeabsichtigten" Streicheleinheiten entziehen wollte. Mich stimmten die Berührungsaktionen meines Vaters anfangs sehr nachdenklich. Doch, nein, mein Vater würde so etwas nicht tun. Er hatte sich zwar um uns Kinder einen Dreck geschert, aber das würde er niemals tun. Ich verbannte diesen Gedanken demnach ganz weit in den Hintergrund und dachte mir in weiterer Folge auch, dass ich seine „Grapscherei" einfach nur falsch interpretiert hatte.

Was die Beschwerden meines Vaters betreffend mein undankbares Verhalten betraf, fühlte ich mich von Tag zu Tag schlechter. Immerfort beschäftigte ich mich mit dem Vorwurf mangelnder Dankbarkeit, und je länger ich dies tat, desto mehr gelangte ich zu der Überzeugung, dass in Wahrheit nur ich diejenige sein konnte, die wieder alles falsch machte. Ich nahm mir vor, mich noch mehr zu bemühen, nicht ein weiteres Mal in meinem Leben zu versagen.

Wochen waren seit meinem letzten Besuch bei meinem Vater vergangen. Ich hatte Angst, dass ich ihn eines

Tages abermals verlieren könnte, und deshalb fuhr ich ihn spontan eines Nachmittags wieder besuchen. Er empfing mich nicht gerade freundlich. Er war während sehr abweisend und beleidigend. Fortlaufend kamen Vorwürfe, dass ich selbstsüchtig sei und mich seit Wochen einen Teufel um sein Wohlergehen bemühen würde. Hannelore stellte sich auf meine Seite und versuchte meinem Vater klarzumachen, dass ich meine eigene Familie habe und er nicht das Recht habe, Besitzansprüche zu stellen. Ich zuckte vor Schreck zusammen, als er sie daraufhin so laut anschrie, dass man ihn vermutlich bis auf die Straße runter hören konnte. Er fuchtelte mit seinem Zeigefinger vor ihrem Gesicht herum und schrie sie an, dass sie das nichts anginge, und sollte sie sich noch einmal anmaßen, mich in Schutz zu nehmen, könne sie ihre Sachen packen und verschwinden. Ich ging dazwischen, denn aus seinem Gesicht sprach so viel Zorn, dass ich befürchtete, er könnte ihr gegenüber handgreiflich werden. Ich versuchte die Situation mit ruhigen Worten zu entschärfen. Doch sie prallten völlig an ihm ab. Ich konnte überhaupt nicht so schnell reagieren, da fuchtelte er schon mit dem Zeigefinger vor meinem Gesicht herum und schrie mich mit derselben Lautstärke an wie zuvor schon Hannelore. „Deine Mutter war eine Hure. Ich wollte nie Kinder und jetzt will ich auch keine. Du bist nicht willens, für mich da zu sein, wenn ich dich brauche, und jetzt bin ich nicht willens, dich hier in meinem Haus noch länger zu dulden." *Das* hatte gesessen! Dieser Stich in meine Seele war so furchtbar schmerzhaft, dass sich meine Augen binnen Sekunden mit Tränen füllten. Ich war derartig erschüttert, dass ich nicht ein einziges Wort herausbrachte. Stattdessen stand ich wie versteinert da, starrte ihn an, und schluckte – immer wieder. Die Tränen ließen mich alles verschwommen sehen. Ich hoffte, er würde sagen, dass er sich gerade im Ton vergriffen habe und dass es ihm leidtäte, was er soeben gesagt hatte. Ich hätte ihm verziehen. Doch nichts kam von ihm, nicht ein einziges Wort. Stattdessen stand er da, mit einem Gesichtsausdruck und einer Körpersprache, die mir Angst machten. Aus jeder einzelnen seiner Zornesfalten konnte ich ablesen, dass ich verschwinden solle. Ich fühlte mich einer Ohnmacht nahe, als ich Momente später auf Hannelore zuging, um mich von ihr zu verabschieden und um mich für ihre stets liebevolle Gastfreundschaft zu bedanken. Hannelore streichelte mir über das Haar, wischte mir meine Stirnfransen etwas aus dem Gesicht. Sie küsste mich auf die Wangen und flüsterte mir dabei zu, dass ich nicht gehen solle, dass er sich schon wieder beruhigen würde. Ich konnte nicht bleiben. Mein Vater, oder besser gesagt, mein Erzeuger hatte mir soeben klar gemacht, dass er uns Kinder nie gewollt hatte und dass er mich auch jetzt nicht haben wolle. Ohne meinen Vater noch eines Blickes zu würdigen, verließ ich das Haus. Das war mein letzter Besuch bei ihm. Nie mehr habe ich etwas von ihm gehört oder gesehen.

Monate waren verstrichen. Monate, in denen kaum ein Tag vergangen war, an dem ich nicht daran gedacht hatte, was mir mein Vater an den Kopf geworfen hatte. Monate, die ich aber auch nutzte, um neue Energie zu sammeln. Energie, um das zu Ende bringen zu können, was ich mir vorgenommen hatte. Den Besuch bei meiner Mutter. Meiner Hartnäckigkeit war es schließlich zu „verdanken", dass ich noch immer den Traum von Geborgenheit in der Familie lebte.

Ihre Adresse hatte ich seinerzeit von meinem Onkel bekommen. Den Weg zu meiner Mutter bestritt ich dieses Mal ohne Patricks Begleitung. Obgleich er verstehen konnte, wie sehr mir nach elterlicher Liebe war, riet er mir nach wie vor und immer eindringlicher davon ab. Immer wieder versuchte er mich zu überreden, es besser sein zu lassen. Doch, nein, ich hatte es mir vorgenommen und auf halber Strecke umzukehren, das gab es für mich nicht. Gegen Patricks Rat machte ich mich eines Tages auf den Weg zu meiner Mutter. Sie wohnte in einem alten Hochhaus im Zentrum von Graz. Es war gegen Mittag, als ich vor diesem besagten Hochhaus stand und die den Klingelknopf betätigte, an dem der Name meiner Mutter stand. Unmittelbar danach ertönte durch die Sprechanlage eine Frauenstimme. Ich fragte sie, ob sie die Frau sei, die ich suchte. Sie bejahte meine Frage, und während sie auf den Türöffner drückte, sagte sie: „Dritter Stock". Ich ging ins Haus, und während ich langsam die Stufen hinaufstieg, probte ich in Gedanken noch einmal meine Begrüßungsrede und überlegte auch noch, sie zu fragen, ob ich sie umarmen dürfte. Das hätte ich mir sparen können, denn ich kam erst gar nicht bis in den dritten Stock. Eine dunkelhaarige Frau, adrett gekleidet, kam mir auf der Treppe zwischen dem zweiten und dritten Stock entgegen und fragte mich, ob ich bei ihr geläutet habe. Ich war so damit beschäftigt, sie von oben bis unten zu betrachten, dass ich ihr nicht sofort antwortete. Das ist also meine Mama, dachte ich. Anhand der Angaben in meinem Taufschein wusste ich, in welchem Alter meine Mutter war. Doch diese Lebensjahre hätte ich ihr niemals gegeben. Sie sah großartig aus. Eine Frau, die auf den ersten Blick nicht einmal eine einzige Gesichtsfalte zu haben schien. Ja, ich habe soeben bei ihr geläutet, gab ich schließlich als Antwort. Und ich teilte ihr freudig mit, dass ihre Tochter vor ihr stünde. Weiter kam ich mit meiner Rede nicht. „Ich wünsche keinen Kontakt zu meinen Kindern. Wende dich an deinen Vater, wenn du etwas wissen möchtest." Mein Herz schrie förmlich nach einer Umarmung, stattdessen bekam ich eine Abfuhr. Ohne weiteren Kommentar drehte sie sich um, ging die Stufen wieder nach oben und ließ mich einfach stehen. So, als sei ich irgendeine dahergelaufene Streunerin. Ich sah ihr nach und unterdrückte meine Tränen so lange, bis ich die Tür hinter ihr ins Schloss fallen hörte. Ich setzte mich auf eine der kalten Treppenhausstufen und begann zu weinen. Ich weinte wie ein Baby. Ich hatte nur ein einziges Mal spüren wollen, wie es sich anfühlt, von einer Mutter in den Arm genommen zu werden – nur ein einziges Mal. Ich wollte wissen, wie sich das anfühlt, wollte nur für einen kurzen Moment ihre Wärme spüren. Ich hätte ihr sogar mein Versprechen gegeben, sie danach nie wieder zu belästigen. War ich tatsächlich in eine Welt geboren worden, in der ich von niemand gewollt war? Hatten meine Pflegeeltern mit ihren Aussagen doch recht gehabt, dass ich es nicht verdiente, geliebt zu werden? Es schien fast so, als würden sie recht behalten, dass ich es nicht anders verdiente, als von jedem abgeschoben, vergessen, ausgenutzt und verlassen zu werden. Ich saß in diesem Treppenhaus, starrte ins Leere, und während mit jeder Sekunde eine weitere Träne auf mein Oberteil tropfte, stieg mein Seelenschmerz ins Unerträgliche. Ich hätte schreien mögen. Nun konnte ich aufhören zu träumen – endgültig. Mich von diesem Traum ein für alle Mal verabschieden zu müssen, das tat so entsetzlich weh, dass mir war, als müsse ich daran zugrundegehen.

Patrick, der immer wieder seine Skepsis kundgetan und mich zur Vorsicht ermahnt hatte, sollte also in allem recht behalten. Er hatte das richtige Gespür, er war weitaus klüger als ich.

Wenn ich heute auf meine Eltern angesprochen werde, gebe ich als Antwort, dass ich sie nicht kenne. Das ist erträglicher, als sagen zu müssen, dass ich im Leben meiner leiblichen Eltern nie willkommen war.

Zwei Jahre später. Ich hatte Angst, überzuschnappen und die Kontrolle über alles zu verlieren. Ich setzte mich auf Patricks Hüften, und während meine Tränen auf seinen nackten, erkalteten Oberkörper tropften, bettelte und schrie ich ihn fortlaufend an, er solle doch bitte aufwachen. Ich schrie, dass es nicht fair von ihm sei, mich allein zurückzulassen, dass die Kinder und ich ihn doch bräuchten und dass mein Leben ohne ihn sinnlos sei. Ich schrie, dass er mir das nicht antun dürfe und dass er nicht gehen dürfe, denn ich habe ihm noch so viel zu sagen. Ich weinte und schluchzte, doch all das machte ihn nicht wieder lebendig. Patrick, ein Mann, der viele Jahre an meiner Seite gewesen war und mit dem ich viele schöne Momente erleben durfte. Er war der Mann, der mich lehrte, dass im Leben einzig und allein ein Brief aufgegeben wird, aber nie sich selbst. Er war einer der ersten Menschen in meinem Leben gewesen, der mir zeigte, dass Menschen auch Wesen sein können, denen man vertrauen darf. Dieser Mann ließ mich nun zurück. Sein Herz hatte ohne jede Vorwarnung während des Schlafs einfach aufgehört zu schlagen.

Das Leben danach

Viele Wochen lag ich nach meiner Nierenoperation im Krankenhaus. An manchen Tagen ging es mir richtig mies und in solchen Momenten dachte ich, dass ich mein Zuhause nie wieder sehen würde. Folglich konnte ich es kaum noch erwarten, endlich wieder nach Hause entlassen zu werden. Dort machte ich schnell Fortschritte. Bereits nach wenigen Wochen konnte ich wieder ein einigermaßen normales Leben führen. Meine Vergangenheit sollte mich aber bald wieder gnadenlos einholen. Es war jener Tag, an dem ich am Schaufenster stand und mir die ausgestellten Kleider ansah. Die Frau, die so dicht hinter mir stand, dass ich ihren Atem spüren konnte, löste eine Lawine in mir aus, von der ich damals noch nicht ahnen konnte, dass sie mich Jahre unter sich begraben würde. Aus Angst, dass mich diese Frau von hinten angreifen und mein Leben in Gefahr bringen könnte, rannte ich so schnell ich nur konnte. Es war lediglich der Atem dieser Frau. Der Atem einer fremden Frau, die so dicht hinter mir stand, dass ich diesen Atem in meinem Nacken spüren konnte. Ich kannte dieses Ganz-nahe-hinter-mir-stehen von meiner Pflegemutter. Damals, wenn sie sich so dicht hinter mich stellte, spannte ich alle Muskeln an und wappnete mich gegen ihre Angriffe.

In Abständen von wenigen Tagen taten sich unvorstellbare Ängste in mir auf. Von einem Tag auf den nächsten war es mir nicht mehr möglich, in eine Badewanne zu steigen. Ich konnte keinen Keller mehr betreten und ich war nicht mehr in der Lage, die Wohnung zu verlassen. Ich hatte vor alles und jedem Angst. Das Ganze steigerte sich so weit, dass ich irgendwann nicht einmal mehr imstande war, die Wohnungstür zu öffnen, um Werbematerial vom Boden aufzuheben. Ich war begraben unter einer riesigen Lawine aus Angst und Panik. Tagein, tagaus war mir, als müsste ich den Ort des Grauens nochmals durchleben.

Die vielen Jahre, die folgten, sind mit keinem Wort nur annähernd zu beschreiben. Es waren Tage der völligen Verzweiflung. Tage, an denen ich mich fragte, ob mein Leben überhaupt noch einen Sinn habe, Tage des völligen Zusammenbruchs. Doch zu kämpfen, das hatte ich von Kindesbeinen an gelernt. Ich gab nicht auf und kämpfte abermals. Die Badewanne war lange Zeit mein größter Feind. Lange, sehr lange dauerte es, bis ich in der Lage war, in eine Wanne zu steigen, darin entspannt zu liegen, ohne Angst haben zu müssen, dass sich mir jemand nähert, der mich gewaltsam unter Wasser drücken möchte. Heute kann ich mich wieder in Menschenansammlungen aufhalten, ohne ständig Angst haben zu müssen, dass der Mensch hinter mir mir etwas Böses antun möchte. Und, ich kann endlich wieder einen Keller betreten, wenn auch mit einem etwas mulmigen Gefühl. Für all das und vieles andere habe ich Jahre gebraucht. Intensives Training und eiserner Wille haben es möglich gemacht, dass ich ein *einigermaßen* normales Leben führen kann, zumindest in einigen Dingen. Viele Rückschläge musste ich einstecken, aber ich ließ mich nicht unterkriegen und fing jedes Mal wieder von vorne an.

Durch den Geruch von Szegediner Gulasch werde ich aber auch heute noch in meine Kindheit zurückkatapultiert. Nächte, in denen es mich aus dem Schlaf reißt, weil ich im Traum bis zur völligen Erschöpfung gelaufen bin, kommen, auch wenn sie weniger werden, noch immer vor. Mir ist klar, dass ich in meinem Traum wieder auf der Flucht war. Nächte, in denen ich erwache, in denen mein Kopfkissen von Tränen durchnässt ist, weil mir meine Pflegemutter im Traum wieder die Haare gewaschen hat, auch sie werden weniger. Und Nächte, in denen ich, ehe ich vollständig erwache, mir im Halbschlaf das Blut von Armen und Beinen wische, und sehe, wie mir meine Pflegemutter die Salbe vor die Füße wirft und mich auffordert, mich damit einzuschmieren, auch sie verschwinden – langsam.

Das Wort Vertrauen ist ein ganz seltsames Wort für mich. Ein Wort, das ich schon oft belächelt habe. Ginge es nach mir, könnte man es aus jedem Wörterbuch streichen. Es ist ein Wort, das für mich wenig Sinn ergibt und vorwiegend nur in einem Märchen existiert. Auch wenn ich den einen oder anderen Menschen in meinem Leben kennenlernen durfte, dem ich vertrauen, ja vereinzelt sogar uneingeschränkt vertrauen durfte, so ist es für mich immer noch eine Herausforderung, einem noch nicht bekannten Menschen zu trauen. Auch habe ich nach wie vor das

Gefühl, eine Leistung für mein Dasein-dürfen erbringen zu müssen. Geschenke einfach nur dankend ohne Gegenleistung anzunehmen, ist für mich eine Herausforderung, der ich bis heute noch immer nicht ganz gewachsen bin. In Momenten, in denen ich ein Geschenk überreicht bekomme, und sei es ein noch so kleines, tut sich in mir etwas ganz Schreckliches auf. Binnen Sekunden schießt mir die Frage meiner Pflegemutter wieder durch den Kopf. Es ist die Frage, ob ich mir bewusst sei, welches Opfer sie für mich brächten. Anstatt mich über das Geschenk zu freuen, steigt mein innerlicher Druck dann beinahe ins Unerträgliche. Mir ist in solchen Momenten oft zum Weinen, weil sich in meinem Kopf alles nur darum dreht, wo und wie ich schnellstmöglich ein Gegengeschenk herbekomme, um den (finanziellen) Schaden, den der andere „erlitten" hat, wieder gut machen zu können.

Wenige Jahre, nachdem ich mein Zuhause verlassen hatte, traf ich Frau Stiger in der Innenstadt. Frau Stiger wohnte mit Mann und Kindern unmittelbar im Haus neben dem meiner Pflegeeltern. Sie reichte mir freundlich die Hand und fragte mich nach meinem Befinden. Ich antwortete ihr, dass es mir soweit gut ginge, woraufhin sie sichtlich erleichtert meinte: „Es freut mich zu hören, dass es dir jetzt gut geht. Ich muss dir sagen und hoffe, dass du mir danach nicht böse bist", fügte sie hinzu, „dass ich mehrmals dein Schreien gehört habe und mir auch immer wieder mal vorgenommen hatte, deine Pflegeeltern darauf anzusprechen. Ich habe es aber nie getan, weil ich mich in diese Angelegenheiten nicht einmischen wollte, und ich dachte mir außerdem, da du ja ein Pflegekind warst, würde ohnehin die Behörde ein Auge darauf haben." Ich war stets davon überzeugt gewesen, dass viele von meinem Martyrium gewusst hatten, aber jetzt, nach Frau Stigers Geständnis, hatte ich endlich auch die Bestätigung dafür. Alle, allen voran die Nachbarschaft, hatten sich in Schweigen gehüllt.

Waren meine Lehrer tatsächlich so blind gewesen? Meine unzähligen Fehlstunden. Jahr für Jahr. Die häufigen Entschuldigungen meiner Pflegemutter, dass ich am Turnunterricht aufgrund einer Verletzung wieder einmal nicht teilnehmen könne. All das hätte meiner Ansicht nach doch auffallen *müssen*.

Ich bin nach wie vor davon überzeugt, dass der Hausarzt meiner Pflegefamilie Bescheid gewusst hat. Ich weiß, diese Anschuldigungen sind hart, aber hätte ich nur einen Funken Zweifel daran, ich behauptete es nicht. Mehrmals war es vorgekommen, dass sich meine blutigen Striemen nach heftigen Schlägen entzündeten. Ehe jedoch meine Pflegemutter den niedergelassenen Arzt bat vorbeizukommen, behandelte sie mich lieber mit diversen Salben und verabreichte mir fiebersenkende Medikamente. Half all das nichts, musste eben der Arzt her. Der Hausarzt wusste nichts von meinem Zimmer im Keller, und deshalb wurde ich für die Zeit des Arztbesuches immer in Sybilles Zimmer verlegt. Als er eines Tages kam, um mich zu untersuchen, und dabei die entzündeten Striemen an meinem Körper entdeckte, bemerkte ich, wie er meine Pflegemutter von der Seite ansah. Ich erinnere mich, dass sie ihm daraufhin erklärte, dass ich vor ein paar Tagen beim Baumklettern vom Baum gefallen sei. Die Äste des Baumes hätten zu diesen Verletzungen geführt, wie sie meinte. Nach der Untersuchung verließ er gemeinsam mit meiner Pflegemutter das Zimmer, und obwohl sie die Tür nach dem Verlassen hinter sich schloss, konnte ich hören, wie zwischen ihm und meiner Pflegemutter im Flur eine heftige, lautstarke Diskussion stattfand. Und das war nicht das einzige Mal, dass es nach der Begutachtung meines Körpers zwischen den beiden zu Gesprächen dieser Art kam. Wie oft ich in späteren Jahren an der Praxis des Hausarztes haltmachte, kann ich nicht genau sagen. Anstatt weiterzugehen, blieb ich dort jedes Mal stehen und starrte minutenlang nur auf sein Ordinationsschild. Zorn, Wut, Hilflosigkeit, Verzweiflung, Hoffnung, Ratlosigkeit, Verachtung – all das empfand ich für diesen Mann auf dem Schild. Mehrmals fragte ich mich, ob es Sinn mache, ihn zur Rede zu stellen. Ja, Sinn schon, doch es würde zu nichts führen, außer, dass er vehement bestreiten würde, jemals Spuren von Misshandlungen an meinem Körper gesehen und behandelt zu haben.

Lange Jahre habe ich mich mit dem Gedanken beschäftigt, all jene auf die Anklagebank zu bringen, die für diesen ganzen Albtraum verantwortlich waren. Es mag eigenartig klingen, aber dieses Bedürfnis war nicht hinsichtlich meiner Pflegeeltern am stärksten, sondern hinsichtlich Friederike und Sybille. Ich hatte eigenartigerweise gegenüber den beiden ein noch weitaus stärkeres Hassgefühl entwickelt als für die eigentlichen Protagonisten. Friederike und Sybille haben mir nie körperlichen Schmerz zugefügt, von ihnen bekam ich „lediglich“ Gemeinheiten in verbaler oder auch nonverbaler Form zu spüren. Mit nonverbaler Form meine ich, dass ich für sie zwar anwesend war, sie mich aber nie beachtet haben, ich nie die Chance bekam, als gleichwertiges Familienmitglied betrachtet zu werden. Sie haben mich nie in Schutz genommen, sich nie für mich eingesetzt. Stattdessen sahen sie tatenlos zu oder weg, und taten darüber hinaus auch noch so, als seien all die Übergriffe auf mich das Normalste der Welt gewesen. Während es mir bei Friederike nie in den Sinn kam, mit ihr über die ganzen Vorfälle zu reden, wagte ich bei Sybille immerhin einige Male den Versuch. Doch jedes einzelne Mal erstickte sie meine Vorwürfe im Keim. Sie meinte, dass ich nur Unsinn erzählte, ich mir alles einbildete. Und obendrein fügte sie auch noch jedes Mal hinzu, dass mir das ohnehin nie jemand glauben würde. In solchen Momenten standen mir nicht nur Tränen der Verzweiflung in den Augen, sondern ich hasste sie auch für Kaltschnäuzigkeit. Mehr und mehr hasste ich sie dafür.

Was meine Pflegemutter betrifft, da gab es eine Zeit, da tat sie mir einfach nur schrecklich leid. Ich entwickelte Mitgefühl für sie. Ich hatte oft das Gefühl, dass das Leben, das sie führte, nicht das war, was sie gerne geführt hätte. Oft erlebte ich sie furchtbar wütend, traurig und depressiv, ganz besonders dann, wenn sie Streit mit meinem Pflegevater gehabt hatte. Wie so oft ging es dabei um Geld. Er warf ihr vor, nicht verantwortungsvoll genug mit dem Haushaltsgeld umzugehen, es aus dem Fenster zu werfen. Dass sie das Geld teilweise Sybille in den Rachen geworfen hatte, das erwähnte sie nie. Aber auch Streitereien mit ihrer Schwiegermutter waren oft genug der Auslöser für Krach zwischen den beiden. Ich hörte sie oft weinen, schimpfen und schreien. Ich hörte sie sagen, dass sie all das nicht mehr mitmachen würde, dass sie genug von allem habe, dass sie so nicht mehr weitermachen wolle, sie alles hinwerfen und gehen würde. Ich nutzte diese Gelegenheit jedes einzelne Mal, um mich für „Dienste" aller Art zur Verfügung zu stellen. Ich bot mich für alles Mögliche an und sah darin *die* Chance, mich endlich zu beweisen. Ich dachte, wenn ich ihr in dieser Phase etwas Gutes tue, dann erkenne sie endlich, dass ich kein unfähiges, dummes Kind sei, das niemand brauche. Ich bot ihr an, ihr zukünftig sämtliche Arbeiten im Haushalt abzunehmen, ich machte ihr das Angebot, gänzlich auf Essen zu verzichten und dass sie meine Wäsche nicht mehr mit der Waschmaschine waschen müsse, es würde mir nichts ausmachen, sie mit der Hand zu waschen, meinte ich. Ich bot ihr an, für sie immer nach der Schule Tabakwaren kaufen zu gehen und stellte mich als „Wutableiter" zur Verfügung, stets in der Hoffnung, dass es ihr danach besser ginge, und dass ich so zum echten Familienmitglied werden würde. Sie würde endlich erkennen, dass ich zu etwas tauge, und sei es nur dafür, dass sie sich an mir abreagieren könne. Die Hoffnung, sie war stets umsonst. Mein Angebot, sich an mir abzureagieren, nahm sie in Momenten der Wut und des Zorn auch an, aber danach war ich dasselbe nutzlose Ding wie davor.

Um all jene, die für meine jahrelangen Qualen verantwortlich waren, zur Verantwortung zu ziehen, suchte ich seinerzeit einen Anwalt auf und ließ mich beraten. Ich erhoffte mir davon, sie hinter Schloss und Riegel zu bringen. Für lange Zeit und wenn möglich, lebenslang. Ich wollte, dass sie selbst spürten, wie es ist, eingesperrt zu sein. Ich wünschte mir, man würde sie weit weg von jeglicher Zivilisation in ein Gefängnis stecken, in dem Folter und Erniedrigungen aller Art an der Tagesordnung seien. Am eigenen Leib sollten sie spüren, was es heißt zu leiden. Ihr Lebensmut sollte genauso wie meiner damals von Tag zu Tag schwinden. Doch, so voller Hoffnung ich beim Betreten der Anwaltskanzlei noch war, so niedergeschlagen war ich einige Zeit später beim Verlassen. Es sei äußerst schwierig, im Nachhinein all die Übergriffe zu beweisen, wie der Anwalt meinte. Meine zurückgebliebenen Narben könne man im Prozess als Verletzungen unverfänglicher Herkunft abtun. Außerdem müsse ich mir im Klaren darüber sein, dass sich die Beschuldigten mit allen möglichen Mitteln aus der Affäre ziehen würden. Meine Pflegeeltern würden sich wieder im besten Licht präsentieren, der Arzt hätte nie derartige

Verletzungen behandelt. Die zuständige Sozialarbeiterin hätte keine Auffälligkeiten erkennen können und daher auch keinen Grund gehabt zu handeln. Dass ich die Sozialarbeiterin einst aufgesucht und angefleht hatte, mich von meinen Pflegeeltern wegzuholen, sei vermutlich nicht einmal aktenkundig und falls doch, könnte man es so hindrehen, als hätte mein Besuch im Zuge irgendeiner banalen Auseinandersetzung mit meinen Pflegeeltern stattgefunden. Am ehesten hätte ich noch eine Chance hinsichtlich meiner organischen Erkrankung, wie der Anwalt meinte. Denn zumindest dahingehend gab es Atteste, die bestätigen, dass es nie so weit gekommen wäre, hätte man mich frühzeitig behandeln lassen. Trotz alledem könne er nicht garantieren, dass dieser Prozess zu meinen Gunsten entschieden würde. Darüber hinaus könne sich so ein Verfahren über Jahre hinziehen, es müsse mir klar sein, dass dies eine enorme psychische Belastung sei, fügte er weiter hinzu. Würde ich mich für einen Prozess entscheiden, würde ich diesen nicht nur gegen meine Pflegeeltern, sondern auch noch gegen die Behörde führen. Und gegen letztere, so wurde mir klar, würde ich noch mehr an Kraft benötigen als ich ohnehin schon aufgebracht hatte. Ich war hin- und hergerissen. Einerseits wollte ich nicht mehr länger schweigen und endlich diejenigen zur Verantwortung ziehen, die für mein Elend verantwortlich waren, andererseits hatte ich Angst, dieser Belastung tatsächlich nicht standhalten zu können. Schließlich hatte ich bis auf meine ehemalige Nachbarin, Frau Stiger, niemanden, der zugab, jemals etwas gehört oder gesehen zu haben. Und würde Frau Stiger ihre Aussage auch vor Gericht bestätigen? Wie würde es mir gehen, wenn ich mit all diesen scheinheiligen Leuten zusammen in einem Raum sitzen und mir anhören müsste, wie sie alles schönredeten? Was, wenn ich diesen Prozess verlieren würde? Ich bliebe auf einem Berg von Prozesskosten sitzen und wäre wieder in der Position der Verliererin. Lange Zeit überlegte ich, bis ich mich letztendlich dafür entschied, vorerst nicht vor Gericht zu ziehen. Die Angst, emotional völlig abzustürzen, war zu groß, ich war zu diesem Zeitpunkt einfach noch nicht stabil genug, um einer solchen Belastung standhalten zu können. Und allein die Vorstellung, meine Pflegeeltern könnten mit ihren Töchtern triumphierend das Gerichtsgebäude verlassen, ließ sich mir die Haare sträuben.

Mehr als zehn Jahre nachdem ich von zu Hause weggegangen war, stand ich wieder vor jenem Gebäude, das ich damals als letzte Hoffnung gesehen hatte. Das Jugendamt. Ich hatte mit der Sozialarbeiterin noch eine Rechnung zu begleichen. Ich wollte sie zur Rede stellen, ihr ein weiteres Mal mein jahrelanges Leiden vor Augen führen und ihr außerdem sagen, *wie* verletzt und verzweifelt ich gewesen war, als sie mich damals zurück nach Hause geschickt hatte. Was ich mir von diesem Gespräch erhoffte, war schlicht und ergreifend eine Entschuldigung. Ich erhoffte mir, sie würde sagen, dass es ihr leidtäte, dass sie falsch gehandelt habe und dass sie vielleicht doch etwas zu nachlässig gewesen sei. Nichts hätte dadurch rückgängig gemacht werden können, aber es wäre eine menschliche Geste gewesen und hätte mir geholfen, das Ganze zu verarbeiten.

Als ich das Gebäude betrat und unmittelbar danach in den Aufzug stieg, wurde mir ganz flau im Magen. Und mir wurde kalt, furchtbar kalt. Augenblicklich waren alle Erinnerungen wieder da. Der unendliche Schmerz, die grenzenlose Verzweiflung waren plötzlich wieder so präsent wie einst. Mit meinem neuerlichen Besuch bei dieser Frau katapultierte ich mich zurück in die Zeit von damals. Doch kehrtmachen wollte ich nicht. Damals hatte ich die Hoffnung in mir getragen, dass sie mir helfen würde, mich sofort aus der Familie nehmen würde, sich schützend vor mich stellen und mich an einen sicheren Ort bringen würde. Nun erwartete ich eine Entschuldigung für ihre damals unterlassene Hilfeleistung.

Oben angekommen, stand ich vor ihrer Türe und zögerte plötzlich. War es das Richtige, sie zur Rede zu stellen? Ja, das war es und ich brauchte zumindest ein „es tut mir leid", damit ich wieder ein Stück meiner Leidensgeschichte aufarbeiten und abschließen konnte. Ich klopfte an ihre Tür, betrat ihr Büro und, ohne ihr die Hand zu geben, und ohne, dass sie mir einen Platz anbot, nahm ich wie selbstverständlich auf dem Stuhl ihr gegenüber Platz. Fast mit demselben verdutzten Gesichtsausdruck wie einst sah sie mich wieder an. Sie runzelte leicht die Stirn, und ich konnte erkennen, wie sie sich meinen Namen in Erinnerung zu rufen versuchte. Sie hatte sich kaum verändert. In der Zwischenzeit war sie in ein anderes, moderneres Büro übersiedelt, und auch wenn ihr Schreibtisch nun ein größerer war, er war wieder so unordentlich wie damals. Es dauerte etwas, bis es ihr schließlich dämmerte, wen sie vor sich sitzen hatte. „Sitzplatz brauche ich dir keinen mehr anzubieten“, meinte sie. „Nein, das brauchst du nicht“, dachte ich. Wie damals fragte sie mich auch an diesem Tag, was sie für mich tun könne. Ich gab ihr keine Antwort, stattdessen starrte ich sie nur an. Meine Gedanken drifteten in die Vergangenheit. Ich sah mich vor ihr sitzend, weinend, flehend, bettelnd. Ich hörte mich flehen, dass sie mich bitte nicht wieder zurückschicken möge. Und ich hörte sie sagen, dass sie mir nicht helfen könne, da keine Einrichtung von jetzt auf gleich zur Verfügung stünde. Die Gefühle, die mich nun wieder übermannten, ließen mich einmal mehr ins Bodenlose fallen. Mehr noch als damals wurde mir bewusst, wie dreist sie mir einst ins Gesicht gelogen hatte. Es stünden keine Einrichtungen zur Verfügung? Damals wusste ich von Antonias Mutter, dass es Notfalleinrichtungen gab. Mittlerweile hätte ich ihr sämtliche Institutionen namentlich aufzählen können, die es damals bereits gegeben hatte. Doch was war der Beweggrund für ihr damaliges Verhalten? Waren die Einrichtungen allesamt überfüllt? Hätte es zu viel Arbeitsaufwand für sie bedeutet? Gab es irgendein Abkommen zwischen meinen Pflegeeltern und der Behörde? Ich wusste es nicht. In meine Akte, in die ich immer wieder Einsicht nehmen wollte, hat man mich nie nur einen einzigen Blick werfen lassen. Ständig hatte die Behörde eine Ausrede parat, weshalb dies nicht möglich sei.

Die Sozialarbeiterin sah mich noch immer fragend an. Sie wartete nach wie vor auf eine Antwort von mir. Und noch immer saß ich ihr gegenüber und sprach kein einziges Wort. Schließlich fragte ich sie, ob ihr bewusst sei, in welche Familie sie mich damals gesteckt hatte. Ich fragte sie, ob ihr die von mir geschilderten Übergriffe damals völlig gleichgültig gewesen seien, und ich fragte sie, ob sie zumindest in Ansätzen nachvollziehen könne, *wie* verzweifelt ich gewesen war, als sie mir damals die Hilfe verweigert und mich zurück nach Hause geschickt hatte. Ich war so ungeheuer wütend auf sie, dass ich am liebsten all die Akten von ihrem Tisch gefegt hätte und sie ihr, so wie es meine Pflegemutter einst mit meinen Schulheften gemacht hatte, ins Gesicht geschleudert hätte. Sie hingegen saß mir mit einem gezwungenen, zweifelnden Lächeln gegenüber, so, als wollte sie jeden Moment sagen: „Sieh dich doch an, ist ja trotz alledem was aus dir geworden." Doch das, was ich wenige Momente später von ihr zu hören bekam, war noch niederschmetternder und dreister als das, womit sie mich damals zurück zu meinen Pflegeeltern geschickt hatte. „Ja, deine Pflegeeltern waren etwas eigenartige Leute, und für mich war auch manches fragwürdig. Da du dich aber bei keinem meiner Besuche negativ geäußert hast, war ich der Ansicht, dass du mit ihnen gut zurechtkommen würdest." Hätte sich vor mir ein Spiegel befunden, hätte ich aller Wahrscheinlichkeit nach sehen können, wie mir der Mund offenblieb. Das konnte doch nicht ihr Ernst sein. Diese Worte schlugen ein wie eine Kanonenkugel. Manches war ihr fragwürdig erschienen, und das war für sie kein Anlass gewesen, einmal genauer hinzusehen? Sie hatte mich bei keinem einzigen ihrer Besuche nach meinem Befinden gefragt, ohne dass meine Pflegemutter daneben gesessen hatte. Ich hatte keine Chance gehabt, ihr mitzuteilen, was diese Leute mit mir veranstalteten. Was dachte sie? Dass ich im Beisein meiner Pflegemutter alles ausplaudern könnte? Es war ihr nie aufgefallen, dass auf Fragen, die sie *mir* gestellt hatte, immer nur meine Pflegemutter geantwortet hatte? Diese Frau hatte meiner Ansicht nach ganz eindeutig ihren Beruf verfehlt. Und spätestens zu diesem Zeitpunkt wäre eine Entschuldigung ihrerseits angebracht gewesen. Doch es kam nichts, rein gar nichts. Ganz im Gegenteil. Sie saß mir gegenüber und sah mich dabei die ganze Zeit über an, als hätte sie mich gerade über die Wetterprognose für die kommenden Tage in Kenntnis gesetzt. Meine Hassgefühle stiegen beinahe ins Unermessliche, und ich wünschte ihr in diesem Moment alles, nur nichts Gutes. Ich konfrontierte sie mit der Frage, warum, wenn sie schon zugäbe, Auffälligkeiten bemerkt zu haben, sie mich damals verdammt noch mal wieder weggeschickt hatte. Daraufhin bekam ich keine Antwort. Noch einmal stellte ich ihr dieselbe Frage. Wieder antwortete sie darauf nicht. Doch eine

Frage, die mir seit damals unter den Nägeln brannte, wollte ich zumindest noch beantwortet haben. Was war mit Katharina? Dem Mädchen, das vor mir bei meinen Pflegeeltern untergebracht gewesen war und vom Jugendamt wieder abgeholt wurde. Auf diese Frage wich sie gekonnt aus, indem sie meinte, dass das nichts zur Sache täte. Noch einmal hakte ich nach. Aber auch auf diesmal bekam ich keine Antwort. Auffallend schnell wollte sie mich danach loswerden. Sie meinte, dass sie einen dringenden Termin außer Haus habe, und sie deutete, mit dem Blick auf ihre Uhr, an, dass ich gehen müsse. Damals war meine Hoffnung auf Hilfe vergeblich gewesen, und nun, viele Jahre später, war nun auch das Hoffen auf eine Entschuldigung vergeblich. So wie sie sich die ganze Zeit über benommen hatte, fühlte sie sich für nichts, für rein gar nichts verantwortlich. Mein letztes Bisschen gutes Benehmen war spätestens zu diesem Zeitpunkt dahin. Ich stand auf, stellte mich vor ihren Schreibtisch und warf ihr meine ganze Wut an den Kopf. Sie könne sich nicht einmal dazu herablassen, sich bei mir für ihre damalige unterlassene Hilfeleistung zu entschuldigen, wie ich noch weiter meinte. Daraufhin kehrte ich ihr den Rücken zu und ging zur Tür. Beim Verlassen knallte ich die Tür so fest zu, dass man ein Knarren im Türstock hören konnte.

Im Flur, unmittelbar neben ihrem Büro, standen Stühle und ein kleiner Tisch, auf dem Zeitschriften lagen. Ich nahm auf einem der Stühle Platz, nahm eine Zeitschrift und blätterte darin. Ich wollte mir die

Bestätigung dafür holen, dass sie *keinen* dringenden Termin außer Haus hatte, sondern mich nur aufgrund meiner Fragen so schnell wie möglich loswerden wollte. Und so war es auch, ich saß gut eine halbe Stunde da, aber ihr Büro verließ sie nicht.

Schlusswort

Unsere Gesellschaft war noch nie in ihrer Geschichte so reich – und doch so arm. In einer Gesellschaft, in der echte Werte wie Liebe, Zusammengehörigkeit, Freundschaft, Familie eine immer kleinere Rolle, Materialismus, Konsum, Stress eine immer größer werdende Rolle spielen. Misshandlung von Kindern ist ein aktuelles und großes Thema in unserer materiell ausgerichteten Gesellschaft.

Zahlreiche Fälle von Kindesmisshandlungen erschüttern immer wieder die Öffentlichkeit. Alle sind schockiert und betroffen, dass in nächster Nähe Kinder vernachlässigt, geschlagen, psychisch misshandelt oder missbraucht werden.

Wir alle sind Weltmeister im Verdrängen und Wegsehen, weil wir der Meinung sind, dass das, was hinter fremden Türen passiert, uns nichts angeht. Niemand hat etwas gesehen und/oder gehört, andere woll(t)en sich wiederum in Angelegenheiten anderer nicht einmischen.

Ich habe in all den Jahren viele versteckte Hilferufe nach außen gesendet, doch niemand hat sie gehört oder gesehen. Die offenen Hilferufe, die ich ausgesprochen hatte, haben mir nicht geholfen. Ich habe mich Antonias Mutter anvertraut. Sie bot mir zwar Hilfe an, aber nicht die, die ich mir erhofft hatte. Ich hatte gewollt, dass sie sich mit dem zuständigen Amt in

Verbindung setzen würde, oder aber mich neben Antonia bei sich aufnehmen würde. Ihr Angebot, mit meiner Pflegemutter in Kontakt zu treten, lehnte ich ab, denn ich wusste, dass hinterher alles noch viel schlimmer kommen würde. Ich hatte mich Andreas, Friederikes Mann, anvertraut. Abends, als wir gemeinsam an der Bar gesessen hatten hatte er mir davor gestanden, dass er von den Übergriffen auf mich wusste. Mit offenen Augen träumte ich spätabends auf meinem Klappbett liegend vor mich hin. Andreas könnte mich vielleicht an einen sicheren Ort bringen. Alles nähme ein Ende und ich könnte endlich ohne Gewalt weiter heranwachsen. Ich hatte mir fest vorgenommen, Andreas zu fragen, ob er mir helfen könne. Der Traum von einem gewaltfreien Leben mit Andreas' Hilfe zerplatzte wie eine Seifenblase. Andreas nahm sich wenige Stunden, nachdem er mich zu Hause abgesetzt hatte, das Leben. So griff ich nach dem letzten Strohhalm und wandte mich an die Sozialarbeiterin. Ihr vertraute ich mich an, flehte sie an, mir zu helfen, mich von dort wegzuholen. Sie hingegen schickte mich wieder an den Ort des Grauens zurück. Das war der Zeitpunkt, an dem ich daran dachte, meine Pflegeeltern zu töten. Ich wusste mir nicht mehr anders zu helfen. Wenn *sie mich* nicht töteten, dann musste *ich* es tun. In Gedanken zog ich alle Möglichkeiten in Betracht. Ich musste aus dieser Hölle irgendwie entkommen. Hilfe konnte ich mir von niemandem erwarten, nicht einmal von der Frau, die die Macht hatte, allem ein Ende zu setzen. In den darauffolgenden Monaten beschäftigte ich mich nur noch damit. In meiner schier grenzenlosen Verzweiflung mixte ich einen Giftcocktail. An einem anderen Tag wieder stellte ich mir vor, mir eine Schusswaffe zu besorgen. Aus heutiger Sicht bin ich natürlich froh, dass ich damals nicht wusste, wie ich an Derartiges gelangen könnte, denn damit wäre ich zwar dem *einem* Gefängnis entkommen, das nächste wäre mir aber sicher gewesen.

Ich habe dieses Buch in völliger Dunkelheit geschrieben. Spätabends, wenn es still um mich wurde und draußen nach und nach die Lichter erloschen, setzte ich mich an meinen Computer und schrieb. Das einzige Licht, das ich während des Schreibens hatte, war das meines Computers, und selbst dieses reduzierte ich auf ein Minimum, sodass ich gerade noch mein Geschriebenes lesen konnte. Mit meinen Bemühungen, auch bei Tageslicht zu schreiben, scheiterte ich. Es war fast so, als hätten sich meine Erinnerungen bei Tageslicht verflüchtigt. Nachts jedoch kamen sie in geballter Form. Begonnen zu schreiben habe ich zu jenem Zeitpunkt, nachdem diese Frau am Schaufenster so dicht hinter mir gestanden hatte und dadurch eine Lawine in mir losgetreten und mich in die Welt des Rabenviehs zurückkatapultiert hatte. Nur wenige Monate darauf bekam ich auch noch die Diagnose meines irreparablen Organschadens. Ich musste mich damals einer sofortigen Operation unterziehen. In dieser Zeit begann ich zu schreiben. Oft schrieb ich nur ein oder zwei Sätze, dann wiederum schaffte ich sogar eine ganze Seite. Ein anderes Mal wieder schrieb ich an einer einzigen Seite, für die man zum Lesen gerade mal wenige Minuten benötigt, mehrere Monate. Ich musste mit meinen Erinnerungen und Gefühlen zurückkehren in die Zeit von damals. Eine Herausforderung, der ich mir anfangs nicht bewusst war – nicht in diesem Ausmaß. Manchmal drohte ich von Angst und Panik regelrecht verschlungen zu werden. Hunderte Male war mir meine Pflegemutter während des Schreibens im Nacken gesessen. Ich sah sie hämisch lachen und hörte sie sagen, dass ich es zu nichts bringen würde. Andauernd fragte sie mich, ob ich vergessen hätte, dass meine Eltern Versager seien. Sie machte sich lustig über mich und stellte mir immer wieder von Neuem die Frage, ob ich tatsächlich so strohdumm sei zu glauben, dass ich besser sei als meine Eltern. Auch wenn ich räumlich längst von meinen Pflegeeltern getrennt war, in meinem Kopf schien es, als hätte ich meiner Pflegemutter das Recht auf Bleibe, Tyrannei und weitere Verletzungen eingeräumt. Denn in solchen Momenten schaffte sie es wieder und wieder, dass ich die Sinnhaftigkeit meines menschlichen Daseins hinterfragte. Und sie schaffte es, dass ich früher oder später wieder zu der Überzeugung gelangte, wie wenig ich in meinem Leben richtig gut oder gar perfekt machte.

Viele, sehr viele Jahre später, als ich mit dem Schreiben weitgehend fertig war, ließ ich das Manuskript weitere Jahre in einer Schublade liegen – aus Sicherheitsgründen. Ich befürchtete, dass mir die zuständige

Behörde nach dem Ausplaudern meiner Erlebnisse unter irgendeinem Vorwand mein Liebstes nehmen könnte, was ich habe: mein Kind. Ob es sich hierbei um eine wahnwitzige Befürchtung meinerseits handelte oder ob diese Realität geworden wäre, dies wollte ich unter keinen Umständen herausfinden.

Wenn ich es mit meinem Buch geschafft haben sollte, zu mehr Sensibilität beizutragen, dann war es das, was ich erreichen wollte. Denn jedes einzelne misshandelte Kind ist eines zu viel.

Was seit der Veröffentlichung geschah

Zwölf lange Jahre habe ich darum gekämpft, dass man sie mir aushändigt. Zwölf lange Jahre wurde ich immer wieder abgewimmelt, für dumm verkauft, meine Geduld immer weiter auf die Probe gestellt, in der Hoffnung, ich würde eines Tages doch noch aufgeben. Eine Odyssee liegt hinter mir, die ihresgleichen sucht. Die Rede ist von meiner Akte.

Als ich einst darum ansuchte, erklärte man mir, dass ich mich an die falsche Person gewendet habe – für mein Anliegen müsse ich mich mit jemand anderem in Verbindung setzen, was ich auch tat. Von dieser Mitarbeiterin bekam ich als Rückmeldung, dass ich wiederum nicht an der richtigen Stelle sei, sie aber die zuständige Kollegin in Kenntnis setzen würde, damit sie sich darum kümmere. Ich erhielt weder einen Anruf, noch irgendeine schriftliche Benachrichtigung. Auf meine telefonische Nachfrage meinte man, dass es im Moment ein etwas ungünstiger Zeitpunkt sei, da unterbesetzt und viel zu tun. Die angeblich zuständige Dame bat mich noch um etwas Geduld. Geduld, die ich aufbrachte.

Monate hörte ich nichts mehr, geschweige denn kam ich zu den Unterlagen. Ich startete einen neuen Versuch. Die zuständige Kollegin sei aus gesundheitlichen Gründen derzeit nicht im Dienst, erfuhr ich von einer anderen Mitarbeiterin. Man bedaure die Verzögerung und bat mich ein weiteres Mal um Geduld. Geduld, die ich wieder aufbrachte. Bei meinem Anruf viele Wochen später teilte man mir mit, dass man mein Anliegen an eine andere Person weitergeleitet habe, da die zuständige Mitarbeiterin nun bereits längere Zeit krank und daher nicht im Dienst sei. Man bat um Verständnis. Meine Intervention bei der neuen Stelle brachte mir wieder Altbekanntes ein: Man werde sich darum bemühen und mir Bescheid geben.

Monate verstrichen abermals. Keine Kontaktaufnahme, keine Unterlagen, nichts. Ich zog mich erstmalig zurück. Mir war klar, dass ich viel, sehr viel Kraft und Durchhaltevermögen brauchen würde, um weiterhin meine Rechte einzufordern.

Ein erneuter Anlauf viele Monate später brachte mir die Ausrede ein, dass man bedauerlicherweise vergessen hätte. Man würde sich nun aber darum bemühen. „Bedauerlicherweise“ „vergaß“ man es danach aber erneut, denn ich hörte wieder nichts mehr. Bei einer späteren Kontaktaufnahme sagte man mir, dass die besagte Kollegin, die dafür zuständig gewesen war, die Abteilung gewechselt habe, sie daher nicht mehr zuständig sei. Eine neue Mitarbeiterin habe ihren Platz eingenommen, die sich meiner Bitte annehmen würde. Man bat mich abermals um Geduld. Geduld, die ich ein weiteres Mal aufbrachte. Die Kontaktaufnahme mit dieser neuen Mitarbeiterin brachte mir wieder das ein, was ich bis dahin schon unzählige Male zu hören bekommen hatte: Man werde sich darum bemühen. Nichts als Lippenbekenntnisse, denn ich hörte nie wieder etwas. Ein weiterer Versuch endete damit, dass ich meine Bitte schriftlich einbringen möge, mit eigenhändiger Unterschrift, damit man nicht vertrauliche Inhalte an jemanden übermittle, für den sie nicht gedacht seien. Eine schriftliche Anfrage hatte ich schon einmal gestellt, aber ich tat es ein weiteres Mal. Wochen später meldete ich mich bei der zuständigen Mitarbeiterin und musste mir sagen lassen, dass man nichts bekommen habe – „leider". Ich solle mein Ansuchen ein weiteres Mal schriftlich einbringen. Das tat ich nicht. Stattdessen stattete ich der Behörde einen persönlichen Besuch ab. Die zuständige Mitarbeiterin traf ich nicht an, ich hinterließ eine Nachricht, dass ich wieder kommen würde. Um nicht noch einmal den Weg vergeblich zu bestreiten, meldete ich mich vorab telefonisch und bat um einen baldigen Termin. Derzeit sei es ein äußerst schlechter Zeitpunkt, es sei Urlaubszeit und außerdem stünden in nächster Zeit sehr viele Termine außer Haus an. Man bat mich noch um ein klein wenig Geduld. Nun aber hatte ich keine Geduld mehr. Ich hatte die Nase voll, gestrichen voll, bis oben hin. Ich wollte mich nicht mehr weiterhin für dumm verkaufen lassen, mich nicht immer wieder aufs Neue vertrösten lassen. Natürlich war mir längst klar, dass man mit mir auf eine ganz gemeine Art und Weise spielte. Zugleich wusste ich aber auch, dass ich nicht *zu viel* Druck machen durfte. Ich ahnte, würde ich einen Anwalt aufsuchen und das zuständige Amt auf Herausgabe klagen, dann wäre meine Akte „bedauerlicherweise" nicht mehr auffindbar. Erneut zog ich mich zurück.

Viele Monate später fing ich wieder von vorne an. Ich wollte nicht aufgeben, denn ich musste und wollte wissen, was in meinem Elternhaus tatsächlich vorgefallen war. Ich hatte über all die Jahre so viele verschiedene Versionen zu hören bekommen, dass ich mir eine davon hätte aussuchen können. Ich wollte mir aber keine davon aussuchen, ich wollte endlich Gewissheit. Aber weitaus mehr interessierte mich natürlich, welche Notizen betreffend meine Pflegeeltern darin zu finden waren. Ich erhoffte mir auch, mehr über den Verbleib von Katharina zu erfahren. Ich wollte wissen, was die Sozialarbeiterin nach meinem Besuch bei ihr in meiner Akte vermerkt hatte. Ich wollte wissen, welche Notizen sie sich gemacht hatte, warum sie mich wieder in dieses schreckliche Haus zurückgeschickt hatte. Wieder und wieder fing ich von vorne an zu betteln. Zu betteln, dass man mich meine Vergangenheit aufarbeiten lassen solle, indem man mir die Akte aushändigt. Mein Kampf um das Recht, die Akte einsehen zu dürfen dauerte Jahre – 12 Jahre.

Mit dem Erscheinen meines Buches hatte man aus dem zuständigen Amt gemeldet, dass es ihnen schrecklich leidtäte, aber man könne keine Auskunft darüber geben, auch, weil die Akte „leider“ nicht mehr vorhanden sei. Das kaufte ich ihnen nicht ab. Irgendetwas in mir sagte mir, dass das nicht der Wahrheit entsprach. Ich spürte, dass sie durchaus vorhanden war, man sie mir aber nicht aushändigen *wollte*. Deshalb, weil es da etwas gab, das nicht an die Öffentlichkeit dringen sollte.

Längst schon waren diese ganzen scheinheiligen Leute dort in diesem Amt keinen Dreck besser als meine Pflegeeltern und deren Töchter. In all den Jahren der Schikane hatte ich viele Ratschläge bekommen, ausschließlich des Inhalts, die ganze Angelegenheit ruhen zu lassen, da ich keine Chance hätte. Aber nein, ein Aufgeben gab es für mich nicht. Nicht damals – und nicht heute.

Ich nahm Kontakt zu diversen Einrichtungen auf und bat um Unterstützung. Doch auch hier konnte man mir nur begrenzt helfen. Man könne nicht viel anderes tun, als mit der zuständigen Behörde Kontakt aufnehmen und sie bitten, die Akte auszuhändigen, wie man meinte. Ich solle außerdem in Betracht ziehen, dass man sie in der Zwischenzeit entsorgt hätte, wie man weiter meinte. Natürlich hatte ich in all den Jahren sehr oft daran gedacht, dass das der Fall sein könnte, doch irgendetwas in mir sagte mir immer wieder aufs Neue, dass das nicht der Fall war.

Viele Monate seit der Veröffentlichung waren bereits vergangen, als ich eines Nachmittags einen Anruf erhielt. Er kam aus einer der Einrichtungen, die ich einst um Hilfe gebeten hatte. Die Frau am Telefon fragte mich, ob ich reden könne. Ich bejahte. „Vermutlich werden Sie mir nicht glauben, welchen Anruf ich heute erhalten habe", begann sie. Ich wurde neugierig. Daraufhin teilte sie mir mit, dass sie einen Anruf von der zuständigen Behörde erhalten habe, dass man meine Akte „gefunden" habe. Ich war sprachlos –

völlig sprachlos. War das wahr oder träumte ich? Ich hätte allen Grund gehabt, vor Freude zu jubeln, aber in diesem Moment fühlte ich mich von dieser Nachricht irgendwie wie erschlagen.

Wenige Wochen später erhielt ich einen neuerlichen Anruf von dieser Frau. Sie teilte mir mit, dass die Unterlagen nun bei ihr eingelangt seien. Die Akte sei allerdings nicht vollständig, wie sie mich gleich zu Beginn wissen ließ. *Das* war mir von Vornherein klar gewesen, aber *wie*" löchrig" die Akte sein würde, davon würde ich mir erst zu einem späteren Zeitpunkt ein Bild machen können. Aufgrund des Inhalts riet sie mir dringlichst davon ab, die übermittelten Seiten alleine zu lesen. Den Vorschlag, den gesamten Akt an eine mir vertraute Person zu übermitteln, nahm ich daher an.

Ein paar Wochen später. Nun war sie da. Sie lag auf dem Tisch, ganz unscheinbar. Einfach so. Ich sah sie ununterbrochen an und konnte es noch immer kaum glauben. Ein elfenbeinfarbiges Kuvert, mit mehreren Stempelmarken versehen und ein paar Knitterfalten, die der Postweg hinterlassen hatte, lag wenige Zentimeter vor mir am Tisch. Ich wagte nicht, sie anzufassen, geschweige denn, den Inhalt anzusehen. In diesem Kuvert lag nun meine Vergangenheit. Eine Vergangenheit, die tiefschwarz war, und die mich nie erfahren hatte lassen, wie es sich anfühlt, gewollt zu sein.

Bei der Verlesung der ersten fünf Seiten brach ich bereits ein. Speiübel wurde mir. Nicht nur, dass ich das, was mich selbst betraf, erst mal überhaupt nicht verdauen konnte, sondern auch noch das, was meine Geschwister und insbesondere Antonia betraf. Als ich nach Hause kam, musste ich mich mehrmals übergeben. Selbst als mein Magen bereits leer schien, steckte ich mir den Finger wieder in den Hals, um mit Gewalt ein neuerliches Erbrechen herbeizuführen, in der Hoffnung, das, was nun laut Akteneintrag ein Faktum war und nach und nach in mein Bewusstsein einsickerte, wieder los zu werden. Ich wollte es weder annehmen noch für wahr erklären. Ich dachte an Antonia und ihr eigenartiges Verhalten von damals. Meine Schwester, bei der ich nie wusste, von welchem Thema sie gerade sprach. Alles war so verworren, diffus, eigenartig, ohne jeglichen Zusammenhang. Sie wechselte innerhalb von Sekunden von einem Thema zum nächsten. Sie vermischte Lustiges mit Traurigem und das in einem einzigen Satz. Sie konnte lachen und traurig sein zugleich. Wenn mich meine Schwester ansah, wusste ich oft nicht, ob sie mich tatsächlich ansah oder durch mich hindurchschaute. Ihre Blicke waren manchmal so starr, ihr Verhalten eigenartig, für mich nicht nachvollziehbar. Bei den wenigen Malen, die mir meine Pflegemutter erlaubt hatte, Antonia zu besuchen, gab mir meine Schwester oft das Gefühl, als hasste sie mich dafür, dass mir „das“, wie sie es immer wieder nannte, erspart geblieben sei. Dass „das“ hatte ich nie verstanden. Fragte ich nach, wechselte sie zu einem völlig anderen Thema. Wenige Augenblicke später sprang sie wieder zurück zu diesem seltsamen „das“. Das ging bei ihr wie bei einem „Ein-Aus-Schalter“

und obendrein auch noch innerhalb weniger Augenblicke. Sie erschien mir unheimlich und ich zermarterte mir mehrmals den Kopf darüber, was sie mit diesem blöden „das“ meinen könnte.

> das 7 Jahre alte Mädchen mache auch seit einiger Zeit einen recht verstörten Eindruck und es sei eventuell auch möglich, daß der Vater an diesem Mädchen Schändungshandlungen begangen habe.

In der Akte werden lediglich Mutmaßungen geäußert, und die Ermittlungen gegen meinen Vater wurden bald darauf auch wieder eingestellt. Doch mir wurde plötzlich einiges klar. Nicht nur Antonias Verhalten und ihre Aussage über dieses eigenartige „das“, sondern auch, dass das etwa 10-jährige Mädchen, das im Erdgeschoss des Wohnhauses meines Vaters wohnte, regelmäßig Taschengeld bekam. Hannelore, die Lebenspartnerin meines Vaters hatte es eines Tages so ganz nebenbei erwähnt. Und sie meinte auch noch, dass die Mutter des Mädchens es meinem Vater verboten habe, die Kleine noch einmal in die Gartenhütte einzuladen. Als ich das damals hörte, fiel es mir wie Schuppen von den Augen. Ich nahm mir vor, der Sache auf den Grund zu gehen und meinen Vater in einem geeigneten Moment darauf anzusprechen.

Wenige Wochen später, als ich nachmittags wieder zu meinem Vater fuhr, stand er bei meinem Eintreffen gerade vor dieser besagten Gartenhütte. Er winkte mich herein und rief mir entgegen, dass er sich freue, mich zu sehen, denn Hannelore sei in der Arbeit und somit hätten wir heute mal die Gelegenheit, uns ungestört unterhalten zu können. Mir war nicht wohl bei der Sache, mit meinem Vater alleine zu sein, denn auf seine „ungewollten" Grapschereien konnte ich nur allzu gerne verzichten. Nur in Hannelores Gegenwart erlaubte er sich Derartiges nicht.

Ich betrat das Grundstück, ging ein Stück weit die Waschbetonplatten entlang und nahm auf der Sitzbank im Garten, gegenüber den Beeten, Platz. Mein Vater, der noch immer in der Nähe der Hütte stand, forderte mich mit einer Handbewegung auf, mit ihm nach hinten zu gehen. Energisch lehnte ich ab. Ein einziges Mal hatte ich mit meinem Vater da hinten in dieser Hütte gesessen und damals hatte ich mir geschworen, sie kein weiteres Mal zu betreten. Diese Hütte war vom Wohnhaus etwa einhundert Meter entfernt. Die hochgewachsenen Bäume mit ihren weit herunterhängenden Ästen und den sattgrünen Blättern verdeckten diesen Bretterverschlag fast zur Gänze. Für mich hatte dieser Schuppen von Anfang an etwas Gespenstisches. Damals, als mich mein Vater in diese Hütte eingeladen hatte, saß er mir so nah gegenüber, dass es mir beim Geruch seines Achselschweißes fast den Magen umdrehte. Außerdem berührte er mit seinem Knie andauernd meines und, je mehr ich ihm auszuweichen versuchte, desto näher rückte er an mich ran. Die Möglichkeit, auf Abstand zu gehen, war in dieser wenige Quadratmeter großen Hütte bald ausgeschöpft. Fast schon fluchtartig verließ ich damals diesen Schuppen. Mein Vater folgte mir und meinte – wie üblich in solchen Situationen –, dass ich wieder einmal empfindlich sei. Ich solle doch nicht immer gleich auf angerührt machen, es sei doch das Normalste der Welt, dass er nach den vielen entbehrungsreichen Jahren ohne seine Kinder Kontakt zu mir suche. Kontakt ja, aber nicht körperlichen!

Früher oder später aber hatte es mein Vater mit seinen Vorhaltungen doch wieder geschafft, dass ich mich schlecht fühlte, mein Verhalten ihm gegenüber hinterfragte, mich fragte, ob ich tatsächlich überempfindlich reagierte.

Mein Vater setze sich zu mir auf die Bank. Näher, als mir wieder einmal lieb war. Zentimeter für Zentimeter rückte er an mich heran, bis er mich bald ganz an das andere Ende der Bank gedrückt hatte. Ich stand auf, kehrte ihm den Rücken zu und entfernte mich von ihm. Ich eilte in Richtung des Eingangstors. Er folgte mir schnellen Schrittes und schnauzte mich von hinten an, dass ich prüde sei. *Damit* war das Maß voll. Ich blieb stehen, drehte mich zu ihm um und fragte ihn, wofür er diesem Mädchen eigentlich Geld gebe. Er grinste mich so was von widerlich an und meinte, dass sie ihm hier und da einen Gefallen erweisen würde. Ja? – Welchen Gefallen? fragte ich. Sie würde ihm hier und da helfen, die Gartenhütte in Ordnung zu bringen, wie er meinte. Diese kleine Baracke? Die war meiner Ansicht nach seit Menschengedenken weder entrümpelt noch aufgeräumt worden. Das sagte ich ihm. Daraufhin herrschte er mich an, dass mich das Ganze nicht im Geringsten was anginge, ich mich um meinen eigenen Kram kümmern solle und ja nicht wiederkommen brauche, wenn mich irgendetwas daran störe. Mein Vater war natürlich nicht dumm. Er wusste *sehr genau*, wie sehr mir daran gelegen war, meine Eltern kennenzulernen, und er wusste folglich auch, dass ich den Kontakt nun nicht so ohne weiteres wieder abbrechen würde. All diese oder ähnliche Vorfälle brachten mich immer wieder gehörig zum Nachdenken, bis ich früher oder später doch wieder zu der Überzeugung gelangte, dass ich wieder einmal diejenige sei, die alles falsch interpretierte.

Nach den ersten Seiten der Akte ging es mit mir erstmal steil bergab. Ich badete wieder einmal in Selbstvorwürfen, machte mir wieder und wieder zum Vorwurf, dass ich die Mutter dieses Mädchens nie angesprochen hatte, dass ich der Sache nie gänzlich auf den Grund gegangen war, nie Klarheit in die Angelegenheit gebracht hatte. Womöglich hätte ich diesem Mädchen viel an Leid und Schmerz ersparen können. In Wahrheit war ich um nichts besser als all die Menschen, die mir über all die Jahre nicht geholfen hatten. Stattdessen hatte ich mir damals aus Sehnsucht nach elterlicher Liebe immer wieder alles schön geredet und brachte es auch noch zustande mir einzureden, dass wieder *ich* diejenige sei, die alles nur falsch deutete.

Was sollte Antonia mit ihrem „das“ sonst gemeint haben. Und weshalb verhielt sich meine Schwester so merkwürdig. Es sind schwerwiegende Anschuldigungen gegen meinen Vater, doch, wenn ich all das Gehörte, Gelesene und Erfahrene wie kleine Puzzlestücke zusammensetze, dann sind meinem Erzeuger noch weitaus mehr Gräueltaten anzulasten, als ich es jemals zu denken gewagt hätte.

Ganz nebenbei erfuhr ich auf den ersten Seiten auch, dass ich mit meinen Geschwistern, mit Ausnahme von Antonia als Ältester, in dieselbe Schule gegangen war. In dieselbe Volksschule. Als man uns Kinder in Pflegefamilien unterbrachte, war ich gerade einmal zwei Jahre alt. Bis ich selbst in die Schule eintrat, hatte ich mich völlig von ihnen entfremdet. Ich kannte sie einfach nicht. Niemand, *nicht ein einziger* Mensch, hat es je für notwendig befunden, mir zu sagen, wer meine Geschwister waren. Wahrscheinlich habe ich mich mit ihnen in der Pause sogar mehrfach unterhalten oder auch gespielt, alles in der Annahme, dass es Klassenkameraden seien. Mit Ausnahme von Antonia suche ich meine Geschwister bis heute. Selbst jahrelange Recherchen haben mich nicht weitergebracht. Immerhin gäbe es so einige aufzuspüren, denn meine Mutter, die weder Verantwortungsgefühl gekannt haben musste, noch mit einem Funken Verstand ausgestattet gewesen sein konnte, brachte es auch noch fertig, nach unserer Wegnahme durch die Behörde weitere Kinder in die Welt zu setzen.

Katharina. Die jahrelangen Einschüchterungsversuche meiner Pflegeeltern, dass mir bei Ungehorsamkeit und

Vergehen jeglicher Art dasselbe wie Katharina blühen würde, zeigten schon sehr früh ihre Wirkung. Schließlich würde Katharina nun zu einem Taugenichts heranwachsen, bläuten mir meine Pflegeeltern ein. Das Heim, in das sie nun gekommen sei, würde sie bei Ungehorsamkeit sofort auf die Straße setzen. Sie würde verdursten, verhungern, erfrieren. Niemand würde sich ihrer mehr annehmen. Damit setzten mich meine Pflegeeltern auf eine ganze niederträchtige Art und Weise unter Druck. Denn schließlich glaubte ich all das, was sie mir eintrichterten. Ich hatte niemanden, der mir sagte, dass ich keine Angst zu haben brauche, da das alles völliger Unfug sei. Stattdessen lebte ich permanent in Angst und Panik, denn ich musste damit rechnen, dass meine Pflegeeltern ernst machen würden und auch für mich jeden Moment der Zeitpunkt kommen könnte, als Heimatlose zu enden. In meinen kindlichen Gedanken fragte ich mich oft, ob Katharina in der Zwischenzeit „etwas angestellt" hatte, und wenn ja, an welcher Straßenecke man sie zur Strafe ausgesetzt habe. Und manchmal musste ich sogar daran denken, dass Katharina möglicherweise bereits tot sei. In solchen Momenten fing ich dann oft bitterlich zu weinen an. Ich weinte, weil mir Katharina leidtat, und ich weinte, weil ich fürchterliche Angst hatte, dass auch ich auf dem kalten Asphalt zwischen Abfalleimern mit Biomüllresten, genau dort, wo ich Katharina in meinen inneren Bildern liegen sah, eines Tages enden würde.

Doch Katharina lebt. Sie kam in eine andere Pflegefamilie. Zu Pflegeeltern, die sie liebevoll aufnahmen, die ihr Verständnis, Liebe, Fürsorge, Wärme, Wertschätzung und Respekt entgegenbrachten. Was Katharina bei meinen Pflegeeltern erlebt hat, das steht mir nicht zu, öffentlich zu machen. Wenngleich sie im Vergleich zu mir nur wenige Jahre dort verbracht hat, haben sie diese Jahre gezeichnet. Ich weiß nun von manchen Disziplinierungsmaßnahmen, die den an mir praktizierten sehr ähneln, von anderen Bestrafungsaktionen kann und möchte sie, wie sie sagt, nicht sprechen. Das muss ich akzeptieren und respektieren, auch wenn ich gerne wüsste, mit welchen Methoden man versucht hat, ihren Willen zu brechen.

Die Sozialarbeiterin von damals fühlt sich auch heute für nichts verantwortlich. Eine Kontaktaufnahme zu ihr oder gar Unterredung mit ihr ist nicht möglich. Sie genießt die Rückendeckung seitens ihres ehemaligen Arbeitgebers. Die Akte, die man mir nach 12 Jahren ausgehändigt hat, enthält Widersprüchlichkeiten en masse. Und: Es fehlen ganz entscheidende Ereignisse darin.

Die „Berichte“, die die zuständige Sozialarbeiterin jährlich übermitteln hatte müssen, waren eine Farce. Für ihre dreieinhalb bis acht Zeilen langen „Berichte“ dürfte man jedes Wort verwenden, nicht aber die Bezeichnung Bericht. Und selbstverständlich war es mir in ihren paar wenigen niedergeschriebenen Zeilen immer gut gegangen. Ihren Ausführungen nach war ich ein aufgewecktes, lebenslustiges Kind, dem man nur das Allerbeste zugutekommen ließ.

Graz,

9/II Ju II-1-B

mj.
geb.

An das
Jugendwohlfahrtsreferat
im H a u s e

in Pflege bei Familie in , besucht die 2. Klasse der Volksschule in und lernt recht brav. Im Gegensatz zu ihrer ehemaligen Pflegeschwester wird sie auf dem Pflegeplatz gut behandelt und eher verwöhnt.

F. 5/5

Andere „Berichte“ sahen (altersabhängig) in etwa so aus:

Auf dem Pflegeplatz scheint es wegen ihres bockigen und zum Teil aufmüpfigen Verhaltens ebenfalls Probleme zu geben, was nicht allein pubertätsbedingt sein dürfte, sondern wobei auch die Beziehung zwischen Pflegeeltern und dem Mädchen eine Rolle spielen wird. marie fällt es schwer, sich der sehr dominanten Pflegemutter unterzuordnen.

Die Bockigkeit, Aufmüpfigkeit oder auch mein unangebrachtes Verhalten, wie sie es in all ihren übrigen „Berichten“ erwähnte, hat sie nie hinterfragt – zumindest nicht bei mir. Auch kam es ihr nicht seltsam vor, wie sie in einer ihrer Niederschriften vermerkte, dass ich so plötzlich ein auffallend verschlossenes Mädchen geworden war, dass es keinen Zugang mehr zu mir gebe. Nun, das war der Zeitpunkt, ab dem ich vollkommen resigniert hatte, man meinen Willen gebrochen hatte, ich keine Zukunft mehr für mich sah. Bis zu diesem Zeitpunkt aber kämpfte ich mit meinem bockigen, aufmüpfigen, unangebrachten Verhalten, wie es nicht nur die Sozialarbeiterin, sondern auch meine Pflegeeltern immer wieder zu nennen pflegten. Ich wollte mich nicht unterkriegen lassen, wollte mir den Willen nicht brechen lassen. Ich wollte die Spielchen meiner Pflegemutter nicht spielen. Ich wehrte mich dagegen – hartnäckig und jahrelang. Je öfter sie mich in den Kampf „schickte", desto hartnäckiger wehrte ich mich dagegen. Ich wollte ihr das Feld nicht so einfach überlassen, und so sah ich damals keine andere Möglichkeit, als mich aufzubäumen, mich ihr in den Weg zu stellen, gegen sie anzukämpfen. Und auch, wenn ich aus jedem einzelnen Kampf schwer verwundet als Verliererin ausgestiegen war, ich kämpfte immer wieder von Neuem, jahrelang. So lange, bis selbst der allerletzte Funke Kampfgeist und Überlebenswille in mir erloschen war, und ich nun heute in der Akte nachlesen kann, wie erstaunt doch Pflegeeltern und Sozialarbeiterin von meiner so plötzlichen Teilnahmslosigkeit waren.

Und meine Pflegeeltern? Seit der Veröffentlichung gibt es das Haus nicht mehr – nicht in der ursprünglichen Form. Meine Pflegeeltern sind über Nacht ausgezogen und haben sich in einer anderen Gemeinde niedergelassen. Ihre nachträglichen Rechtfertigungsgründe und Kommentare setzten dem Ganzen die

Krone auf. Der Familienclan hatte es darüber hinaus beinahe wieder geschafft, mir selbst auf die Entfernung hin eine neuerliche Gehirnwäsche zu verpassen. Natürlich habe ich mir alles nur eingebildet, was sonst. Von meinen Pflegeeltern und deren Töchtern war nichts anderes zu erwarten. Sie leben bis heute in ihrer zurechtgeschneiderten heilen Welt und tun so, als wäre nie irgendetwas geschehen. Die eine oder andere Ohrfeige habe mir außerdem schon nicht geschadet, wie mir auf Umwegen zugetragen wurde. Die eine oder andere Ohrfeige hätte mir vermutlich nicht geschadet, wenn es dabei geblieben wäre …

Meinem heutigen Verständnis nach sage ich aber, dass ihnen *nicht einmal eine einzige* Ohrfeige für ein fremdes Kind, das nicht ihr eigenes Fleisch und Blut war, gestattet sein konnte. Es wäre ihre Aufgabe gewesen, mich liebevoll auf das Leben vorzubereiten. Den Rucksack von Verwahrlosung, nicht vorhandener Nestwärme, vorenthaltener Geborgenheit und fehlender Liebe, den hatte ich schon als kleines Mädchen von meinem Elternhaus mit auf den Weg bekommen. Die Aufgabe meiner Pflegeeltern wäre es gewesen, mir eine andere, schönere, farbenfrohere Welt zu zeigen.

Meiner Fantasie entsprungen sei außerdem, dass mich meine Pflegemutter um Geld gefragt habe. Niemals sei sie an mich herangetreten und habe mich um Geld gebeten. Für ein zu viel erhaltenes Pflegegeld, das zurückgezahlt werden müsste, erst recht nicht. Eine Überbezahlung an Pflegegeld habe es nie gegeben.

Diese Berufung wäre bei der Bezirkshauptmannschaft Graz-Umgebung, 8020 Graz, Bahnhofgürtel 85 oder beim Amt der Steiermärkischen Landesregierung, Rechtsabteilung 9, 8011 Graz, Hofgasse 12, einzubringen.

Der Bezirkshauptmann:
i.V.

F.d.R.d.A.: A.Sekr. Pendl eh.

Friedl

Ergeht an:

1x) Herrn/Frau ....

2x) .... als gesetzl. Vertreter

1.) 2x) das Markt/Gemeindeamt .... mit dem Bemerken .....
den Pflegegeldübergenuß ab Juni inkl. Sonderzahlung bis Oktober 1981 in der Höhe von S 22.200,-- von der Pflegepartei rückzufordern und mittels des beigeschlossenen Zahlscheines anher zur Einzahlung zu bringen.

2.) 3x) die Pflegepartei, Frau ....
in ....
mit dem Hinweis, daß ein Rechtsmittel gegen diesen Bescheid nur vom gesetzl. Vertreter des Pflegekindes eingebracht werden kann. Ein Rechtsmittel der Pflegepartei ist nur dann zulässig, wenn gleichzeitig eine Vollmacht des gesetzl. Vertreters beigebracht wird.

.) 4x) das Jugendwohlfahrtsreferat im Hause, zu GZ 9.8 ....
zur Kenntnis

5x) Bezirkshauptmannschaft/Magistrat Graz, Amt f. Jugend u. Familie, Kostenreferat Pflegekinder, Ref. 9, zu

6Zx. .... als Kostenträger, zur Kenntnis

.) 6x) die Rechnungsstelle im Hause, zur Kenntnis.

Vor laufender Kamera hieß es einst, dass seitens des Landes alles unternommen werde, man selbstverständlich um Aufklärung bemüht sei. Es wäre schön gewesen, wenn diesen Worten auch Taten gefolgt wären. Geschehen ist nichts, überhaupt nichts. Außer, dass man Geld angeboten hat. Geld, um die ganze Sache aus der Welt zu schaffen. Ich möge meine Kontonummer angeben, damit sie die Auszahlung vornehmen könnten, wie man in mehreren Schreiben meinte. Meine Bankverbindung gab ich nicht bekannt, denn es war nicht das, was ich wollte. Ganz und gar nicht das, was ich wollte. Damit, dass man mir einfach Geld angeboten hatte, machten sie es im Grunde noch schlimmer, denn dadurch ignorierten sie meine Bitte um Aufklärung ein weiteres Mal. Einst hatte mich die Sozialarbeiterin ignoriert, und nun, Jahre später, weicht man mir abermals aus. Nichts hat sich, wie es scheint, in all den Jahren geändert.

Wieder stand ich da, wo ich schon immer gestanden hatte – auf der Verliererseite. Ich hatte mir zwar das Recht erkämpft, meine Akte nach mehr als einem Jahrzehnt einsehen zu dürfen, doch die Tatsache, dass sie unvollständig ist – man hoffte offensichtlich, dass das nicht auffallen werde – macht mich fassungslos und wütend. Sollte ich nun aufgeben, den Rat Vieler befolgen und die ganze Sache ruhen lassen? Einfach einen Schlussstrich ziehen?

Über die Entscheidung, alles ein für allemal ruhen zu lassen, schlief ich nicht nur eine Nacht, nicht zwei, auch nicht drei, sondern viele, sehr viele Wochen, bis ich zu dem Entschluss kam, gegen die Behörde vorzugehen – nicht mehr alleine, sondern von nun an mit Rechtsbeistand. Ich werde nicht aufhören zu kämpfen. Ich kämpfe für mein eigenes Recht und ich kämpfe für all diejenigen, die weder die Kraft noch den Mut aufbringen, sich der Willkür und Ignoranz unserer Landesvertreter zu stellen, und vielleicht kann ich eines Tages sagen, dass ich einem anderen Menschen – wenn schon nicht diesem Mädchen von damals, das vielleicht Hilfe nötig gehabt hätte – damit helfen konnte. Ich wünsche es mir.

tredition®

www.tredition.de

Über tredition

Der tredition Verlag wurde 2006 in Hamburg gegründet. Seitdem hat tredition Hunderte von Büchern veröffentlicht. Autoren können in wenigen leichten Schritten print-Books, e-Books und audio-Books publizieren. Der Verlag hat das Ziel, die beste und fairste Veröffentlichungsmöglichkeit für Autoren zu bieten.

tredition wurde mit der Erkenntnis gegründet, dass nur etwa jedes 200. bei Verlagen eingereichte Manuskript veröffentlicht wird. Dabei hat jedes Buch seinen Markt, also seine Leser. tredition sorgt dafür, dass für jedes Buch die Leserschaft auch erreicht wird

Autoren können das einzigartige Literatur-Netzwerk von tredition nutzen. Hier bieten zahlreiche Literatur-Partner (das sind Lektoren, Übersetzer, Hörbuchsprecher und Illustratoren) ihre Dienstleistung an, um Manuskripte zu verbessern oder die Vielfalt zu erhöhen. Autoren vereinbaren unabhängig von tredition mit Literatur-Partnern die Konditionen ihrer Zusammenarbeit und können gemeinsam am Erfolg des Buches partizipieren.

Das gesamte Verlagsprogramm von tredition ist bei allen stationären Buchhandlungen und Online-Buchhändlern wie z. B. Amazon erhältlich. e-Books stehen bei den führenden Online-Portalen (z. B. iBookstore von Apple) zum Verkauf.

Seit 2009 bietet tredition sein Verlagskonzept auch als sogenanntes „White-Label" an. Das bedeutet, dass andere Personen oder Institutionen risikofrei und unkompliziert selbst zum Herausgeber von Büchern und Buchreihen unter eigener Marke werden können.

Mittlerweile zählen zahlreiche renommierte Unternehmen, Zeitschriften-, Zeitungs- und Buchverlage, Universitäten, Forschungseinrichtungen, Unternehmensberatungen zu den Kunden von tredition. Unter www.tredition-corporate.de bietet tredition vielfältige weitere Verlagsleistungen speziell für Geschäftskunden an.

tredition wurde mit mehreren Innovationspreisen ausgezeichnet, u. a. Webfuture Award und Innovationspreis der Buch-Digitale.

tredition ist Mitglied im Börsenverein des Deutschen Buchhandels.

19469537R00143

Printed in Poland
by Amazon Fulfillment
Poland Sp. z o.o., Wrocław